과거로 돌아가는 역

Original Japanese title: BUNKIEKI MAHOROSHI
copyright © Haruki Shimizu 2022
Original Japanese edition published by Jitsugyo no Nihon Sha, Ltd.
Korean translation rights arranged with Jitsugyo no Nihon Sha, Ltd.
through The English Agency (Japan) Ltd. and Eric Yang Agency, Inc

이 책의 한국어판 저작권은 에릭양 에이전시를 통한 저작권사와의 독점 계약으로
빈페이지에 있습니다. 저작권법에 의해 한국 내에서 보호를 받는 저작물이므로
무단전재와 복제를 금합니다.

과거로 돌아가는 역

시미즈 하루키 지음

김진아 옮김

 빈페이지

인생의 분기점으로 되돌아갈 수 있게 해준다는 '마호로시'라는 역을 아십니까?

마호로시역에 가려면 치바현과 도쿄도 사이를 달리는 소부선総武線 전철을 타야 합니다.

그렇지만 아무 데서나 무작정 소부선 열차를 타거나 내린다고 찾아갈 수 있는 건 아닙니다.

마호로시역에 가려면 세 가지 조건을 충족해야 하지요.

첫 번째, 소부선 전철을 타고 신코이와역에서 히라이역까지의 구간을 통과해야 합니다. 그 구간에서도 아라카와와 나카가와, 두 강 사이를 잇는 다리 위, 특히

히라이역 방향 하천 부지의 큰 느티나무가 보이는 부근이 제일 중요합니다.

　그리고 두 번째. 그 장소를 통과할 때의 타이밍도 중요하답니다.
　마호로시역에 도착할 기회는 한 달에 거의 한 번 정도에 불과합니다.
　바로 정확히 보름달이 떴을 때뿐이죠.

　그리고 마지막 세 번째. 이게 가장 핵심입니다.
　전철을 탄 본인이 과거로 돌아가 일을 되돌릴 수 있으면 좋겠다는 절절한 후회를 마음에 품어야 합니다.
　그 모든 조건이 갖춰졌을 때. 마호로시역에 도착할 수 있습니다.
　마호로시역은 매월 역무원이 바뀝니다.
　당신이 인생의 분기점으로 되돌아갈 수 있도록 돕기 위해서죠.
　인생의 분기점으로 다시 돌아간다는 것은 즉, 이 마호로시역에서 과거로 돌아갈 수 있다는 뜻입니다.
　그리고 그 과거의 인생 분기점으로 돌아가, 만약 지금과 다른 선택을 했더라면 그 후에 어떤 인생을 걷게 될 것인지를 경험해볼 수 있게 됩니다.

네, 그렇습니다. 마치 판타지 소설 속 등장인물처럼 과거의 시점으로 시간을 거슬러 올라가 그 세계로 들어간 후, 만약 그때 포기했던 삶을 선택했더라면 어떻게 됐을까를 알아보는 것이죠.

설령 과거를 바꿨다고 하더라도 현실에는 그 어떤 영향도 주지 않습니다.

그리고 당신이 과거의 세계에서 현실로 돌아가고 싶다고 바라는 순간, 곧바로 다시 마호로시역으로 오게 됩니다.

또한 어느새 정신을 차리고 보면, 당신은 마호로시역까지 오는 동안 타고 있던 원래 소부선 전철 안으로 되돌아가 있을 겁니다.

― 자, 그럼 여기서 다시 질문입니다.

결과적으로는 과거를 바꿀 수 없더라도 당신은 과거의 인생 분기점으로 돌아가고 싶나요?

만약 그 당시로 돌아가 다른 선택지를 통해 생긴 인생을 걷는다면, 그 후의 내 인생이 어떻게 됐을지 궁금한가요?

당신의 대답은 '네'일 것입니다.

왜냐하면 당신은 과거로 시간을 되돌려 다시 시작하고 싶을 정도로 애끓는 후회를 하고 있기에 이 '마호로 시역'에 도달한 것이니까요.

그럼 다시금 묻겠습니다.

"당신에게 인생의 분기점은 언제인가요?"

4월의 역무원 '오쿠보'

일러두기
1. 모든 각주는 옮긴이 주입니다.
2. 내용 특성상 일본어 표현을 일부 살렸습니다.

제 I 화

만약 그때
고백했더라면

다나카 노보루는 맥없이 고개를 푹 숙이고 있었다. 요즘은 어떻게 해도 피로가 통 풀리지 않기 때문이다. 나이 마흔 넘어서부터 갑자기 몸이 삐걱대기 시작했다. 현재 42세. 월급쟁이로 일한 지 벌써 20년이라는 세월이 지났다. 지금은 소위 말해 중간관리직에 있는 몸이지만. 그 이상의 출셋길을 바라는 것도 아니었고 이제는 거의 일상화된 업무나 소화하는 나날을 보내는 중이다.

 다나카는 32세 때 결혼 정보 회사를 통해 만나게 된. 동갑내기 여성 하나요와 결혼했다. 그리고 2년 후에 첫째 아이가 태어났다. 이후 8년 동안 연이어 아이 셋을 더 낳게 되는 상상도 못 할 일이 일어났다. 그것도 전부 아들로만.

　그래서 지금 집에는 여덟 살, 여섯 살, 네 살, 세 살짜리 개구쟁이 아들들이 있다. 첫아들이 태어났을 때만 해도 부부는 기뻐했지만, 둘째도 아들을 낳은 후부터 하나요는 다음에 꼭 딸을 낳으면 좋겠다고 말했다. 그래서 열심히 애를 써봤지만, 그 후에 태어난 아이는 아들, 또 아들이었다. 특별히 후회했던 건 아니지만, 아무리 그래도 또 아이를 바라는 것은 포기할 수밖에 없었다.

　"후우……."

　— 다음 역은 후나바시, 후나바시입니다.

　탄식 섞인 숨을 내쉬고 나서 전철에서 내렸다. 오늘 하루의 일과도 끝났다. 아주 조금 마음이 놓였다. 하지만 오늘은 전철을 타고 오면서 좌석에 앉지 못했다. 그것만으로도 평소보다 훨씬 더 피로가 쌓이는 기분이 들었다.

　역 개찰구를 나와 하늘을 올려다보니 제법 둥그스름한 달이 떠 있었다. 분명 내일은 보름달이 뜰 것이다. 5월로 접어들면서 낮도 길어졌다. 그래도 회사에서 퇴근할 때면 날은 어둑어둑해진 뒤였고, 최근에는 마감이 얼마 남지 않은 업무가 있어서 툭하면 야근이다. 집에서도, 직장에서도 자꾸만 이리저리 치이는 기분이 든다. 원래 혼자 있는 걸 좋아하는 성격이기도 했고, 자유 시간이라고 해도 좋을 좀 더 사적인 시간을 갖고 싶었다.

다만 그런 게 주어지기 어려운 몸이라는 건 잘 알고 있다.

마흔이 넘은 나이는 여러 가지를 포기해야 할 시기일 테니까.

"……다녀왔습니다."

그렇게 말하며 집에 들어가도 다녀왔냐는 말 한마디 들려오지 않았다. 그럴 수밖에 없는 게 이미 식탁에서는 치열한 전쟁이 펼쳐지고 있었기 때문이다.

"그거 내 거야!"

"웃기네! 먼저 갖는 사람이 주인이지!"

"나 더 줘!"

"흐아앙!"

"얘가 왜 이렇게 울어! 빨리 먹기나 해. 좋아한다고 그렇게 아껴 먹으니 뺏기지!"

다시 한번 고개가 힘없이 툭 떨어지려 했다.

다만 이제야 남편이 돌아온 걸 알아차렸다는 듯 하나요의 외침이 들려왔다.

"당신 그렇게 멍하니 서 있지 말고 빨리 앉아서 밥 먹어! 다 식겠다!"

이제 아내는 여장부가 다 됐다. 다나카도 아내와의 결혼을 후회하지는 않지만, 저도 모르게 아내와 만났던 시절의 기억이 되살아났다. 예전만 해도 아내는 늘 씬한 몸매에, 늘 남편의 반걸음 뒤에서 살포시 걷는 조신한 분위기의 소유자였다. 그러나 지금은 그런 흔적은 찾아볼 수도 없다. 다나카가 보기에 아내는 아들을 한 명 낳을 때마다 점점 더 강해지는 느낌이었다. 솔직히 말해서 성격과 함께 외모도 크게 변해버린 것 같다. 뽕 하고 크게 방귀를 뀌는 일은 일상다반사였고, 예전 같으면 '콩' 하고 귀여운 소리로만 했던 재채기가 이제는 "으에에취! 크으으으" 하며 중년 아저씨 저리 가라 할 만큼 걸걸한 것으로 바뀌었다.

그렇지만 다나카의 외모도 변했으니 상대방을 뭐라 할 처지는 못 된다. 배도 나오고, 머리숱은 눈에 보일 정도로 줄어들었다. 어릴 때 대중목욕탕에서 봤던, 팔과 다리는 가는데 배만 불룩 나온 중년 남자의 모습에 가까워지고 있음을 실감하고 있었다. 다만 다나카는 하나요에 비해 그다지 속 알맹이는 달라지지 않았다는 점이 문제였지만…….

"술 한잔 마시고 나서……."

그렇게 말하며 냉장고로 손을 뻗은 순간, 곧바로 하나요의 입에서 고함이 쏟아졌다.

"맥주는 없어! 발포주도 없고! 그냥 수돗물이나 마시고, 얼른 밥 먹고 씻기나 해!"

아내가 아이들의 목소리에 묻히지 않으려고 언성을 높인다는 건 다나카도 충분히 안다. 그리고 남편을 이런 식으로 대해도, 맞벌이에 살림까지 해주니 불만을 터뜨릴 자격도 없었다.

다나카는 그저 전부 그러려니 하고 받아들이고 있었다. 이게 최근 몇 년간 이어진 늘 똑같은 일상이고, 이게 바로 내 현 상황이라고 말이다.

"……크하아."

하다못해 수돗물이라도 맥주처럼 마셔봤다.

"……."

하지만 숨을 내쉬자 입안에 번지는 건 찝찝하기만 한 염소 소독약 맛뿐이었다.

그것도 당연하다. 정수기 하나 들여놓지 않고 그냥 받아먹는 수돗물이니까. 이런 물이 맛좋을 리가 없다.

그때 다나카는 문득 기억이 떠올랐다.

지난주 토요일에 마셨던 맥주였다. 맥주 마시는 척

만 했는데도 머릿속에 그 맛이 떠올랐다. 그때 마신 맥주는 참 맛있었다. 최근 몇 년간 마신 것 중에 제일 맛이 좋았던 것 같다.

그때는 바로 오랜만에 열린 고등학교 동창회 날이었다.

그곳에는 한 사람의 모습이 있었다.

고등학교 시절 최고로 인기가 많았던 여학생, 이와사키 스미레.

스미레는 그때처럼 여전히 아름다웠다.

같이 있기만 해도 그 시절로 되돌아간 것처럼 그녀는 지금도 아름다웠다.

○

금요일. 드디어 이번 주 업무도 끝났다.

하지만 도무지 일에 집중할 수가 없었다. 다나카는 자꾸만 어른거리는 지난주 동창회에서의 일을 계속 머릿속에서 떨쳐내지 못하고 있었다.

아키하바라에서 전철을 타자마자 운 좋게 바로 좌석에 앉을 수 있었지만, 오늘 머릿속은 온통 그 생각뿐이었다. 그 정도로 그때 들었던 말이 강렬했다.

― 다음 역은 긴시초, 긴시초입니다.

"……하하, 그런 건 더 일찍 말하지 그랬어."

다나카는 그 자리에서는 애써 태연한 척 대답했다. 20년이나 넘는 세월이 지나도 여전히 스미레 앞에서 허세를 부렸던 것이다. 학창시절부터 이어진 천성은 쉽사리 바꿀 수 있는 게 아닌 모양이다.

"그러게. 더 일찍 말했으면 어떻게 됐을까."

스미레는 그렇게 말하고 레몬 사워를 한 모금 마셨다. 잔을 기울였을 때 달그랑 하는 얼음 소리가 떠들썩한 공간에 유난히 크게 울렸다.

다나카가 그 말에 대답하기도 전에 스미레는 같은 반이었던 다른 친구의 부름에 자리를 떴다. 그리고 또다시 잡다한 소음 속으로 섞여 들어갔다.

― 다음 역은 가메이도, 가메이도입니다.

더 일찍 말했으면 어떻게 됐을까…….

다나카의 머릿속은 스미레가 던진 가정의 말로 뒤덮였다.

일어날 리 없었던 '……했다면'이라는 가정.

하지만 그런 상상을 자꾸 하게 되는 건 어쩔 수 없는 일이기도 했다. 어느 정도 인생을 걸어왔고, 이제 그 앞이 희미하게나마 보이는 지금이기에 오히려 더 그런 과거를 마음대로 가정하게 되는 것이니까.

— 다음 역은 히라이. 히라이입니다.

차장의 안내 방송이 울리면서 전철은 치바를 향해 나아갔고 다나카의 마음속도 점점 과거로 거슬러 올라가고 있었다.

눈을 감으니 그날 일이 선명히 떠오른다.

사실 다나카는 스미레에게 고백할 생각이었다. 그것도 바로 그 졸업식 날 전철 안에서.

하지만 고등학생이었던 그 순간에는 고백할 용기가 없었다.

지금은 스미레 옆에 친구가 있으니까, 여긴 전철 안이니까, 그리고 고등학교만 졸업하면 이제 다시는 만날 일도 없을 테고 그러면 이 가슴속 아릿함도 사라질 테니까…….

온갖 이유를 붙여 고백을 피했다.

그러나 그녀가 동창회에서 했던 말을 그대로 받아들

여도 된다면. 만약 그때 스미레에게 고백했더라면 어떻게 됐을까.

만약 과거로 시간을 되돌려 그날을 다시 시작할 수 있다면⋯⋯.

"다음 역은 신코이와, 신코이와입니다. 쾌속 열차로 환승하실 분은⋯⋯."

―달카당, 달카당.

전철이 아라카와와 나카가와, 두 강 사이를 가로지르는 다리 위에 이르렀다. 다나카는 문득 선로 위를 내달리는 기차의 바퀴 소리가 달라지는 것을 느꼈다.

창문으로 바깥 풍경을 바라봤다. 두 개의 강을 따라 달리는 수도고속도로의 가로등이 마치 일루미네이션처럼 보였다. 그리고 그 도로보다 훨씬 높은 저 하늘 위에서 아름다운 둥그런 달이 존재감을 발휘하고 있었다.

보름달이다. 형형한 빛을 뿜어낸다.

그 달빛을 보고 있자니 어쩐지 그대로 달로 빨려 들어가는 기분마저 들었다.

"어⋯⋯?"

다나카가 그렇게 느낀 순간이었다.

창밖의 풍경이 보름달을 제외하고는 아무것도 없는

푸르스름한 어둠으로 변해간다.

강도. 다리도 돌연 자취를 감춰버린다.

"이게 무슨……."

가장 놀라운 것은 방금 전까지 같이 있던 다른 승객들은 온데간데없고 다나카 혼자 남아 있었다는 점이었다.

전철 안에 있는 사람은 다나카 한 사람뿐이었다.

"이, 이게 어떻게 된 일이지……?"

다나카를 태운 전철은 그대로 어느 장소에 도착하더니 멈춰 섰다.

그곳은 어스름 속을 부유하듯 존재하는 불 켜진 역이었다.

그리고 푸쉬잇 하는 소리를 내며 전철 문이 서서히 열렸다.

"여긴 대체……."

다나카는 천천히 전철에서 내려 주변을 둘러봤다.

난생처음 보는 역이다.

그렇지만 역 기둥에는 이렇게 적혀 있었다.

"마호로시……."

그랬다. 마호로시역. 처음 듣는 역 이름이었다. 아니, 아무리 봐도 이곳이 현실적인 장소처럼 느껴지지 않았다. 무슨 꿈이라도 꾸고 있는 기분이었다.

"이거, 꿈인가……?"

전철 안에서 눈을 감고 있었던 것도 아니고 분명 말
짱한 정신으로 보름달을 보고 있었지만, 일단 그 사실
은 신경 쓰지 않기로 했다. 그렇게라도 마음먹지 않으
면 지금 제정신을 유지하기 어려울 것 같았다.

다나카가 그렇게 중얼거린 순간, 문득 목소리가 들
렸다.

"꿈이 아닙니다."

소리가 나는 방향으로 고개를 돌리니 한 여자가 역
플랫폼에 서 있었다.

"마호로시역에 잘 오셨습니다."

그 말을 듣고 다나카는 직감했다. 아니, 복장이 그러
했기 때문이다.

역무원이었다.

그리고 그 역무원은 말을 이었다.

"당신에게 인생의 분기점은 언제인가요?"

○

"이곳은 인생의 분기역分岐驛, 마호로시역입니다. 그리

고 저는 이곳에서 일하는 4월의 역무원입니다. 잘 부탁드립니다. 다나카 씨."

역무원은 먼저 자기소개를 했다. 쇼트커트 스타일의 머리에, 또렷한 어조가 잘 어울린다. 다만 다나카는 뭐가 뭔지 도무지 영문을 알 수 없어 물어보고 싶은 게 한둘이 아니었다.

"뭐, 뭐죠. 이 마호로시역은……? 여기가 꿈이 아니라면 현실 속에 있는 공간이라는 뜻입니까? 전혀 믿어지지 않는데요……."

"네, 당장은 믿기 어려우실 겁니다. 그리고 설명 역시 해드리기 어렵지만. 여기는 현실이라기보다는 현실과 격리된 공간이라고 보시는 편이 더 좋을 거예요. 일반적으로 현실에서 이 마호로시역을 마음대로 찾아올 수는 없으니까요."

"이, 일반적이라니 그게 무슨 말씀이세요? 다시 원래 타고 있던 전철로 돌아갈 수 있나요? 아까까지만 해도 저는 평소처럼 소부선 전철을 타고 있다가 곧 신코이와역에 도착하려던 참이었다고요!"

역무원은 갑작스러운 사태에 당황해서 언성을 높인 다나카를 다독이듯 두 손을 앞으로 내밀며 말했다.

"그 점에 대해서라면 걱정하지 마세요. 때가 오면 원

래 계셨던 소부선 전철 안으로 다시 돌아가실 수 있으니까요. 그것도 시간. 장소 모두 여기 왔던 순간 그대로 말이죠. 아까 이게 꿈이 아니냐고 하셨는데. 어떤 의미에서 보자면 여기서는 꿈꾸는 것처럼 시간이 흘러갈 뿐이랍니다."

역무원의 그 설명을 듣고 다나카는 잠시 가슴을 쓸어내렸다. 일단 시간이 지나면 원래 있던 곳으로 되돌아갈 수 있다는 확답은 얻었다. 그러나 지금부터 여기서 무슨 일이 일어날지는 상상조차 할 수 없었다. 그리고 여전히 눈앞에 일어나는 이 모든 것들을 도무지 받아들일 수가 없었다.

"때가 오면 돌아갈 수 있다니 대체 그게 무슨 말이죠……? 그리고 제가 왜 이런 곳에……."

"이곳에 온 이유는 다나카 씨의 바람 때문이죠."

다나카는 그런 대답이 되돌아올 줄은 전혀 예상도 못 했다.

"저, 저의 바람 때문이라고요?"

"네, 다시 말해서 세 가지 조건이 충족됐기에 다나카 씨는 이곳에 도달할 수 있었던 거예요."

"세 가지 조건이요?"

역무원은 다나카의 말에 대답하려는지 세 개의 손가

락을 들며 말했다.

"아라카와와 나카가와, 두 강 사이를 잇는 다리 위, 즉 신코이와역과 히라이역 사이를 소부선 열차가 지나가야 한다는 것. 오늘이 보름달이 뜨는 밤이었다는 것, 그리고 당신이 과거로 돌아가 어떤 일을 꼭 다시 할 수 있으면 좋겠다고 바랄 정도의 강렬한 후회를 품었다는 것. 바로 이 세 가지입니다."

"과거로 돌아가 어떤 일을 꼭 다시 할 수 있으면 좋겠다고 바랄 정도의 강렬한 후회……."

다나카는 자신이 왜 이 마호로시역이라는 기이한 곳까지 오게 됐는지 짐작 가는 바는 없었지만, 역무원의 마지막 설명이 마음에 걸렸다. 바로 그 말대로였기 때문이다.

오늘 전철에 탄 순간부터 계속 머릿속에서 학창시절을 되새기고 있었다. 그 시절로 돌아가 그날을 다시 시작하면 좋겠다. 차라리 고백할 걸 그랬다며 후회했다. 그렇지만 왜 그게 조건에 포함되는지는 알 수가 없었다.

"……후회가 있고 없고가 여기 오는 것과 무슨 관련이 있다는 거죠?"

"아주 큰 관련이 있습니다. 왜냐하면 이 마호로시역

에 온 사람은 지금부터 후회를 품게 된 과거의 그 분기점으로 되돌아갈 수 있기 때문이죠."

"과거의 분기점으로 되돌아간다니……."

다나카는 역무원의 설명을 순간 이해할 수 없었다.

하지만 곧 이곳에 도착했을 때 눈앞에 있는 역무원이 했던 말을 떠올렸다.

당신에게 인생의 분기점은 언제인가요?

그녀는 그렇게 물었다.

"그런 일이 어떻게 가능하다는 건지……."

다나카가 그렇게 말하기 무섭게 역무원이 끼어들었다.

"물론 바로 믿기는 어려우시겠죠. 그런 기이한 일이 일어날 리가 없으니까요. 하지만 그런 식으로 따진다면, 이런 마호로시역 같은 장소도 존재하기 어렵지 않을까요?"

"그건……."

차마 반박할 수가 없었다. 이미 설명하기 어려운 신기한 체험을 하고 있으니 말이다. 이런 마호로시역 같은 현실에서 상상도 할 수 없는 장소가 존재한다면,

정말로 과거의 분기점으로 되돌아가는 신기한 현상 정도는 있어도 이상할 게 없다는 생각이 들었다.

"이제 믿어주시겠죠? 이 마호로시역의 존재도, 그리고 과거의 분기점으로 돌아가는 것도."

"믿고 안 믿고 따지기 전에 일단 뭐라도 믿어야 얘기가 될 것 같긴 하니까요……."

"그걸로 충분합니다."

역무원은 생긋 웃었다.

아직 반신반의한다는 식의 대답은 했지만, 사실 다나카는 눈앞에 일어나는 일의 6, 70퍼센트는 믿기 시작했다. 실제로 이 현상을 체험하고 있으니 그도 그럴 수밖에. 그리고 역무원은 자신이 후회하고 있다는 것을 기가 막히게 딱 알아맞혔다. 그나마 남은 가능성이라곤 자신이 엄청나게 현실 같은 꿈을 꾸고 있다는 것이겠지만, 전철에서는 정신도 말짱했으니 지금 이게 꿈일 수는 없었다.

이건 현실이다.

아주 신기하기 이를 데 없는 현실이다.

"그럼 다나카 씨, 본론으로 들어가겠습니다. 아까 말씀드렸던 것처럼 이곳에 온 사람은 과거의 분기점으로 되돌아갈 수 있다는 점에 대해서요."

역무원은 다시 한번 생긋 웃더니 이야기를 시작했다.

"사람의 인생에는 반드시 분기점이라는 게 있잖아요? 그 분기점에서 하게 될 선택은 학창 시절의 진로나 어른이 됐을 때 가질 직장, 누군가와 생활을 함께할 결혼, 어린 시절부터 꾸준히 좇았던 꿈, 혹은 다른 이와의 만남과 작별 등 다양할 거예요. 이 마호로시역에서는 그런 인생의 분기점으로 돌아가서, 자신이 고르지 않았던 과거의 선택지 속 세계로 들어가 볼 수 있답니다."

역무원은 막힘없이 말을 이어갔다.

"다만 어디까지나 일정 시간 동안만 그곳에 머무를 수 있어요. 과거에 자신이 선택하지 않았던 세계에 몸을 두고 이야기 속 등장인물처럼 체험은 가능하지만, 어떤 의미에서 보자면 꿈을 꾸는 감각과 비슷할 거예요. 다만 과거의 분기점에서 다른 선택을 하더라도 현재에 영향을 끼치는 일은 없을 겁니다."

"아무것도 달라지지 않는다고요……? 그럼 과거로 돌아가봤자 아무 소용 없는 거잖아요……."

그때 처음으로 다나카는 따져 물었다. 실제로 그런 의문이 들었기 때문이다. 과거로 돌아갈 수 있다고 해서 뭐라도 바꿀 수 있을 줄 알았다. 하지만 그것도 불가능하다면 굳이 과거로 돌아갈 필요가 있긴 한 걸까…….

"그 부분에 대해서는 사람마다 생각이 다를 것 같습니다. 과거로 돌아가는 것 자체가 귀중한 경험이 될지도 모르고, 과거에 별 관심이 없는 사람 입장에서는 쓸데없는 짓일지도 모르죠. ……하지만 다나카 씨께는 분명 의미가 있을 거예요."

그때 역무원은 핵심을 찌르는 듯 말했다.

"왜냐하면 이곳은 과거로 돌아가서 무엇인가를 꼭 다시 하고 싶은 마음이 생길 정도로 강한 후회를 품은 사람만 올 수 있는 곳이니까요."

"……"

그 말대로였다.

다나카는 동창회가 열렸던 그날부터 계속 생각했다.

만약 그때 내가 이와사키에게 고백했다면 어떻게 됐을까?

현실이 변하지 않더라도 그저 그 답을 알고 싶었다.

"뭔가 짐작 가는 부분이 있는 모양이네요."

"……네, 맞습니다."

다나카는 자백이라도 하듯 답했다.

"한심한 남자의 망상일지도 모르겠지만, 그날 고등학생 시절 좋아하던 애한테 고백했다면 어떻게 됐을까 궁금해요. 요즘 계속 그 생각뿐이었죠……. 정말로 바보 같은 짓인 건 압니다. 처자식이 있는 몸에, 이 나이를 먹어서는……. 물론 아내와 아들들을 사랑하지 않는 건 아니지만, 그저 한 번 그 생각을 하고 나니 자꾸만 신경이 쓰여서……."

"바보 같긴요. 감추고 있던 마음을 전하지 못해 남는 후회는 흔히 있는 일이니까요. 그게 청춘을 만끽하는 학창시절이면 더더욱 그렇죠."

다나카는 역무원의 그 말이 무척 고마웠다. 이 나이가 되니 이런 고민을 털어놓을 상대도 없었고, 자기 자신이 봐도 참 바보 같은 망상이라고 여겼기 때문이다.

곧바로 역무원은 다독이듯 말을 이었다.

"그리고 어쩌면 그 시절을 다시 한번 경험하는 것만으로도 의미가 있을지도 모릅니다. 사람에 따라 다르겠지만, 청춘 시절은 아주 다감하고 빛나는 순간일 테니까요."

다나카는 정말 그 말대로라고 느꼈다. 매일 나에게 변화가 일어나고, 1분 1초가 빛나던 그 시절로 돌아갈 수만 있다면 그것만으로도 충분히 가치가 있을 것 같았다. 그 당시에는 알아차리지 못했지만, 이렇게 세월이 한참 지나 어른이 되고 보니 학창 시절이 아주 귀중한 시간으로 여겨졌다.

"그럼 바로 과거의 분기점으로 돌아가 볼까요? 다나카 씨께서 잘 이해해주셔서 저도 마음이 편하네요."

역무원은 정말로 안심했다는 표정을 짓고 있었다. 그녀는 여기서 역무원으로 일한 지 얼마 되지 않았을지도 모른다.

다나카는 문득 그러고 보니, 하는 생각이 들었다. 처음에 이 역무원은 자신이 4월의 역무원이라고 했다. 그것과 무슨 관련이 있는 게 아닐까…….

"자, 이쪽으로 오시죠."

하지만 그걸 묻기도 전에 역무원의 재촉을 받아 다나카는 또다시 전철 안으로 들어가게 됐다.

과거의 분기점으로 돌아갈 준비는 이제 다 된 모양이다.

역무원은 자리에 앉은 다나카의 앞에 서서 설명을 시작했다.

"지금부터 다나카 씨는 이 전철을 타고 과거의 분기점으로 돌아가게 됩니다. 그렇지만 아까도 말씀드렸던 것처럼 그 흐르는 시간 속에서 과거를 바꿔도 현재에는 그 어떤 영향도 주지 않습니다. 그리고 과거의 세계를 충분히 체험한 후, 다나카 씨가 원래 세계로 돌아오고 싶다고 바라면 다시 이 마호로시역으로 되돌아오게 됩니다. 다만 역으로 다시 돌아오는 타이밍에 대해서는 개인차가 있어서 사람마다 다릅니다. 대체로 머나먼 과거로 돌아갈수록 시간이 오래 걸리는 경향이 있으니, 20년이 넘는 세월을 되돌아가야 하는 다나카 씨의 경우 상당히 긴 여행이 될 것 같네요. 그렇지만 걱정하지 마세요. 현실에서는 시간도 전혀 흐르지 않고, 과거에서는 한 편의 영화처럼 시간이 아주 빨리 경과하게 되니까요. 그러니 마치 영화 다이제스트처럼 상황을 건너뛰면서 진행되다가 정신을 차리고 보면 몇 개월, 혹은 몇 년 정도 시간이 지난 후가 될 수 있습니다. 다나카 씨는 그저 시간의 흐름에 몸을 맡기고 다른 선택을 하게 된 과거의 세상을 편히 즐기시기만 하면 됩니다."

다나카는 고개를 끄덕였다.

이제 설명조차 되지 않는 말을 들어도 다 받아들일 마음의 준비가 됐다.

여기까지 온 이상 이제 믿을 수밖에 없다.

역무원의 말대로 자신이 간절히 원했기에 이 마호로시역으로 온 것이기도 하니까.

"……그럼 다나카 씨가 돌아가고 싶은 인생 속 과거의 분기점을 떠올려보세요. 그 순간으로 되돌아가고 싶다고 강한 염원을 담아 비는 거예요. 전철이 달리면서 터널을 빠져나가면 그곳은 이미 과거의 분기점과 연결되어 있을 겁니다."

"……알겠습니다."

"그럼 좋은 여행 되십시오."

역무원은 생긋 웃으며 인사를 건넨 후, 전철에서 내렸다.

"후우……."

다나카는 한숨을 한 번 내쉰 후, 아무도 없는 차량 한가운데 자리에 앉아 열렬히 염원했다.

―고등학교 졸업식. 그날로 돌아가고 싶다.

이와사키한테 고백하지 못했던, 그때 그 전철에 탄 순간으로…….

그러자 전철이 움직이기 시작했다.

곧이어 역무원이 일러줬던 대로 전철은 터널 안으로 들어갔다.

빛 한 줄기 보이지 않는다.

새카만 어둠 속을 내달린다.

"앗……."

하지만 그때, 다나카의 눈에 빛이 비쳤다.

전철이 나아가는 저 끝에 희미한 빛이 반짝이고 있었다.

—덜커덩. 덜커덩.

—덜커덩. 덜커덩.

전철이 달리는 소리가 마치 오케스트라의 피날레를 맞이하기라도 하듯 센 울림을 내더니, 눈앞의 빛이 가까워지면서 곧 태양처럼 거대해졌다.

—터널을 빠져나온다.

그리고 눈조차 뜰 수 없을 정도의 강렬한 빛이 차량 안으로 쏟아져 들어왔다.

"어, 여기는……."

나는 전철의 희미한 진동에 흔들려 눈을 번쩍 떴다.

아까까지 주변은 휘영청 보름달이 뜬 밤이었는데, 지금은 창문에서 늦은 오후의 강렬한 햇살이 새어 들어오고 있다. 이것만으로도 믿기 힘든 광경이었다. 아니, 그보다 더 놀라운 광경은 전철 안이었다.

척 봐도 알 수 있을 정도의 옛날식 전철 광고, 승객의 복장. 그리고 자신의 복장도 완전히 달라져 있었다. 당시 고등학생들이 흔히 입던 교복 차림이었다. 손에는 졸업장이 든 보관통까지 들려 있다.

"……세상에, 이럴 수가."

결정적이었던 건 창문에 비쳐 반사된 내 얼굴이었다. 희미했지만 분명 젊고 앳된 얼굴이었다. 완전히 고등학생으로 돌아가 있었다. 머리숱이 풍성하고, 얼굴의 날렵한 윤곽도 그대로 남아 있다.

"정말이었구나……."

이제 믿을 수밖에 없었다. 반신반의하던 마음은 이미 날아간 지 오래였다.

실제로 이 현상을 체험하고 있으니 말이다.

그 신기한 마호로시역에 도착했을 때와 똑같았다.

말보다 증거, 백문이 불여일견.

눈앞의 광경이 그 무엇보다 확실한 증거였다.

─정말로 과거로 돌아왔구나.

"앗……."

그러나 자신의 변화를 천천히 그리워하던 것도 잠시, 시야에 한 여학생의 모습이 들어왔다. 그 광경을 보고 나는 저도 모르게 외마디 소리를 지르고 말았다.

이와사키였다.

바로 그 이와사키 스미레가 세일러 교복 차림으로 맞은편에 앉아 있다. 나와 마찬가지로 졸업장이 든 보관통을 들고, 옆자리에 앉은 친구들과 즐겁게 재잘대는 중이었다.

그 아름다움은 변함이 없었다. 과거로 돌아왔으니 당연한 일이리라. 그렇지만 내 머릿속으로 기억하던 이와사키의 그때 그 모습과 완전히 일치했다는 점에 나는 감동마저 느꼈다.

그 모습을 이렇게 슬쩍 보기만 했는데도 그 시절의 기억이 머릿속에 꽉 차오른다.

교실에서 짝이 된 적은 없었다. 하지만 반에서 둘뿐이었던 교실 미화 담당이 같이 된 적은 있었다. 제일 아름다웠던 추억은 여름이 되기 전 함께 수영장 청소를 했던 일이다. 교복을 걷어붙이고 나와 이와사키는 같이 대걸레 청소를 맡았다. 그런데 그때 밖에서 호스를 쥐었던 학생이 장난으로 주변에 물을 뿌린 바람에, 나와 이와사키는 그 물보라 속에 휩싸이게 됐다. 쏟아지는 저녁노을 속에서 물과 함께 춤추는 이와사키의 모습은 당시 텔레비전 속에서 춤추는 아이돌 가수보다 훨씬 빛났다.

"다음 역은 게이세이사쿠라, 게이세이사쿠라입니다."

나의 회상을 멈춘 건 전철 안내 방송이었다.

그 역 이름을 들은 순간, 바로 기억이 떠올랐다. 나와 이와사키는 등하굣길에 게이세이선 전철을 타고 다녔다.

그리고 게이세이사쿠라역은 이와사키가 내리는 곳이었다. 즉, 이다음에 일어날 일은 바로…….

"그럼 나중에 보자. 졸업 여행 기대할게."

내가 그 기억을 되짚은 순간, 당시와 완전히 같은 타이밍으로 이와사키가 자리에서 일어났다.

그때는 이 자리에서 그저 멀어지는 그 뒷모습만 보고 끝나버렸다.

아무 말도 걸 수 없었다.

한 걸음, 두 걸음 이와사키가 걸음을 내디디면서 순간적으로 나와 거리가 매우 가까워졌다.

그리고 아주 잠깐 이와사키가 나를 바라봤다.

나는 지금부터 일어날 일을 알고 있다…….

이와사키가 생긋 미소를 지었다.

"이와사키……."

전철의 브레이크 소리에 덮여 지워질 만큼 희미한 목소리로 그 이름을 중얼거렸다.

이것도 그때와 완전히 똑같다.

당시의 나는 그것만으로도 만족했을지 모른다. 지웃는 얼굴을 그저 지켜보기만 한 채 아무 말도 하지 못했다. 저 미소에 반 친구에게 향하는 것 이상의 의미는 없을 거라고 여겼다.

하지만 지금은 아니다.

나는 그때 동창회에서 들었다.

"학교 다닐 때 나 말이야, 다나카 널 좋아했어."

그 말이 사실이라면 지금 이 미소, 특별한 뜻을 가진 게 분명하다.

그걸 지금 이 자리에서, 그것도 무려 20년이 넘어서지만, 저 미소의 의미를 확인해보고 싶었다.

"······이와사키!"

전철을 내려 플랫폼으로 걷기 시작한 이와사키를 향해 외쳤다.

이제 여기서부터는 실제 과거와 다른 세계가 시작된다. 새로운 선택지를 고르고 새로운 세계를 체험하게 되는 것이다.

왜냐하면 실제 과거의 나는 내달리는 전철 창문을 통해 게이세이사쿠라역 플랫폼에 선 이와사키의 모습을 지켜보기만 하고 끝났기 때문이다. 그리고 나는 그걸 늘 후회했으니까…….

"……무슨 일이야, 다나카?"

이와사키는 갑자기 불러세우는 목소리에 놀라면서도, 나를 향해 의아한 듯 물었다.

지금 이렇게 교복 차림의 이와사키를 마주하고 서 있다는 사실에 나 자신도 묘한 기분이 들었다. 이런 순간이 찾아올 줄은 전혀 몰랐다.

지난주 현실 세계에서는 어른이 된 이와사키와 대화를 나눴지만, 지금 이 순간이 훨씬 더 긴장됐다. 왜일까? 내 이 정신마저도 과거로 돌아간 것일까. 아니면 어른이 열면 안 되는 청춘 시절 전용 판도라의 상자 같은 것이라도 숨겨져 있는 것일까. 그걸 열어봐도 되는 걸까…….

"이, 이와사키……."

자꾸만 메이는 목 안쪽에서 말을 쥐어 짜냈다.

이제야 내가 긴장한 이유를 알아차렸다.

―지금부터 고백해야 한다.

그 이자카야 주점에서 이야기를 나눴을 때는 그저 추억담만 오갔을 뿐이다.

지금부터 나는 이십몇 년 만의 고백을 한다. 긴장하

지 않을 수가 없었다. 이곳이 현실에는 아무 영향도 끼치지 않는 꿈 같은 장소라고 하더라도 눈앞의 광경은 너무나도 선명하다. 그러나 여기서 이전처럼 똑같이 머뭇대다가는 아무런 의미도 없게 된다. 내 마음을 확실히 전해야 한다…….

"……난 이와사키 네가 좋아."

어떻게든 첫 마디를 쥐어짜자, 이어서 말이 술술 흘러나왔다.

"계속 널 좋아했어. 하지만 차마 말도 못 하고 있다가 이렇게 졸업식 후에 고백하게 되어서……."

내가 생각한 것 이상으로 마음이 잘 전달되지 않았을지도 모른다. 그렇지만 어떻게 보면 꾸밈없이 있는 그대로 내 마음을 전할 수 있었다. 나는 고백조차 못 했던 것에 후회만 했었으니 이 정도로도 충분할지 모른다. 분명 고등학생 때의 나도 이 정도밖에 말하지 못 했을 테니까…….

그런데 그때 이와사키가 대답했다.

"고마워……."

그 이후 나온 이와사키의 말에 나는 귀를 의심했다.

"……나도 다나카 널 좋아했어."

"정말……?"

이와사키가 동창회 때 했던 말은 사실이었나 보다. 그 자리에서 괜히 하는 립 서비스가 아니었던 것이다.

그럼 역시 내가 고등학생 시절 고백했다면 분명 좋은 대답을 받을 수 있었다는 뜻이다. 하지만 이와사키로부터 좋아한다는 대답을 듣고 기뻐해야 할 텐데, 어쩐지 먹먹한 기분을 떨칠 수가 없었다.

이 사실을 너무나도 늦게 알았다. 이제 와서 그 무엇도 다시 시작할 수는 없다. 이런 사실을 깨달을 바에야 차라리 과거로 돌아오지 않는 게 더 나았을지도……

그렇지만 내가 그런 복잡한 감정을 품기 시작했을 때, 이와사키가 웃으며 말을 이었다.

"이제 고등학교를 졸업해 버렸지만 앞으로도 잘 부탁해. 다나카."

"어?"

"왜 그래? 고백했다는 건 이제부터 사귀자는 뜻 아니야……?"

그러고 보니 그 말이 맞다. 하지만 나는 그런 것도 알아차리지 못했다.

이 분기점에서 다른 선택지를 골라 바뀌게 된 과거의 세계에서도 그 이후의 이야기가 이어져 있을 테다.

―이와사키한테 고백하고 성공한 후에 나는 어떤 인

생을 걸게 될까?

궁금해졌다.

여기까지 온 이상, 이후의 결과도 지켜보지 않을 수 없었다.

"……물론이지. 나도 잘 부탁해."

"다행이다. 다나카 넌 치바현에 있는 대학에 다닐 거지? 그럼 앞으로도 같이 많이 놀 수 있겠다."

그렇게 말하며 이와사키는 활짝 웃었다.

그 미소를 가까이에서 보니 머릿속이 둥실둥실 뜨는 기분이 들었다.

이제부터 이와사키와의 연인 사이가 시작된다.

인생의 분기점으로 돌아가 고백한 후에도 아직 이 꿈은 깰 기미가 보이지 않았다.

그 역무원의 말대로 과거의 세계에서는 눈이 핑핑 돌 정도의 빠른 속도로 시간이 흘러갔다.

대학 시절의 교제는 놀라울 정도로 순조로웠다. 함께 공부도 아르바이트도 하고, 동아리 활동도 하면서 정신없이 시간을 보냈다. 그리고 쉬는 날에는 짬짬이

데이트도 하고, 여름방학에는 먼 곳으로 여행도 갔다.

대학 졸업 후에는 현실에서는 합격하지 못했던 제 1지망의 회사에 입사하여 일하게 됐다. 그런 대기업에 취업할 수 있었던 것도 이와사키와 사귀기 시작하면서 스스로에게 자신감을 갖게 된 덕분인 같았다.

사회인이 되고서도 생활은 무엇 하나 부자연스러운 것 없이 잘 흘러갔지만, 27세가 됐을 때 큰 전환점을 맞이하게 됐다.

결혼이었다. 당연히 상대는 이와사키였다. 사회로 나가서도 우리 사이는 여전히 순조로워서 자연히 결혼까지 하게 됐다.

결혼생활은 매우 행복했다. 이와사키는 마음씨도 고왔고, 그녀가 차려주는 밥도 맛있었다. 그리고 그 미모는 몇 번을 봐도 계속 반할 정도였다. 나도 그 옆을 지키는 남편으로서 잘 어울릴 수 있도록 외모에 매우 신경을 썼다. 현실 속의 나는 마흔이 되면서 배도 나오고 몸매도 망가지기 시작했지만, 이 과거 세상에서는 서른이 넘어도 체형은 대학 시절과 거의 달라지지 않았다.

그런데 고등학교 졸업식 때부터 사귀기 시작해서 이렇게까지 만사가 순조롭게 풀릴 줄은 상상도 못 했다.

─그때 고백했더라면 전혀 다른 인생을 살 수 있었

던 걸까.

오히려 어떤 후회보다도 단순히 놀라움이 더 컸다. 그냥 고백을 하느냐 마느냐에 불과한 일일 줄 알았는데, 그 후의 인생을 좌우하는 직장이나 결혼까지 이렇게나 큰 영향을 주게 됐으니 말이다.

'나비의 날갯짓이 지구 반대편에서 태풍을 일으킨다'라는 나비 효과와 비슷한 것일지도 모른다. 작은 사건이 나중에 가서 큰 영향을 일으키는 것이다. 그게 젊디젊던 십 대 시절의 선택지를 바꿔서 생긴 결과니, 어쩌면 이렇게 되는 것이 자연스러운 일일지도 모른다.

역시 그때 고등학교 졸업식 그날, 그 순간은 나에게 있어 큰, 너무나 큰 인생의 분기점이 분명했다.

그렇지만 그런 행복한 나날에 그림자가 드리우기 시작한 건 35세를 맞이했을 무렵이었다.

어찌 된 일인지 도무지 돈이 모이지를 않았다.

특별히 사치스러운 생활을 한 것도 아니다. 그리고 무엇보다 나와 이와사키 사이에는 아이가 없었다. 그래서 현실에서 대가족으로 살 때와는 달리, 그렇게 빠듯한 생활을 하는 것도 아니었다. 지금 이 과거에서는 맞벌이가 아니지만, 나는 어느 정도 괜찮은 기업에 다니며 평균 이상의 월급을 받고 있었다.

그 이유는 금방 밝혀졌다. 이와사키의 숨겨진 낭비벽이 그 원인이었다. 내가 모르는 사이, 명품 가방이나 화장품을 아낌없이 사들이고, 고급 피부 관리실까지 다니는 것을 알게 됐다.

물론 나는 그게 나쁘다고는 생각하지 않았다. 이와사키 정도의 미모를 유지하려면 필요한 일이기도 했을 테니까. 그저 그런 씀씀이에 대해 미리 말해주길 바랐던 것뿐이었다.

무엇보다 제일 충격적이었던 건 이와사키가 해줬던 요리 중에서 내가 제일 좋아하는 '달달한 양념을 얹은 닭고기 경단'이 백화점 지하의 반찬 가게에서 사 온 제품이었다는 점이다. "이거 꼭 가게에서 파는 것 같은 맛이야"라고 말했던 내가 바보 멍청이였다.

이와사키는 그 사실이 드러나자마자 눈물을 흘리며 나에게 사과했다. 그리고 앞으로는 요리도 열심히 하겠다고 말했다. 그 애절한 모습을 보고 나는 오히려 몹시 감격하고 말았다. 나도 남편으로서 부족한 점이 있었을지 모른다며, 이건 결코 나 혼자만의 문제가 아니라 부부의 문제라고 생각했다.

"괜찮아. 우린 고등학생 시절부터 사귄 사이잖아. 우

리라면 잘 해낼 수 있어."

그래서 나는 이렇게 말했다. 건설적인 미래만 생각하고 싶었다. 그리고 이 정도 일은 사실 별것도 아니라여겼다. 제아무리 완벽하게 보이는 사람이라도 결점이있다는 사실에 친근감마저 느껴졌다. 이와사키의 새로운 일면을 보게 된 느낌도 들었다.

나는 여유로웠고, 이쯤은 아무 일도 아니라고 생각했다.

그러나 그 여유는 곧 사라지게 됐다.

"스, 스미레……?"

역 앞 파칭코 가게 안에 있는 이와사키를 보고 말았다.

그녀는 익숙한 손놀림으로 파칭코에 열을 올리는 중이었다. 게다가 담배까지 피우고 있었다. 파칭코 기계쪽에 대고 흰 연기를 뿜다가 담배가 짤막해지자 바로그 불씨를 새 담배에 붙이는 습관적 흡연자, 완벽한 골초의 행동이었다.

"이럴 수가……."

보면 안 되는 걸 본 기분이 들었다. 도박이나 담배는이와사키와 가장 거리가 먼 것이라고 생각했다.

그러나 사실은 전혀 그렇지 않았다. 이번에는 아예 친근감 따위 생기지도 않았다. 오히려 따끔거리고 불쾌한 것이 가슴 안쪽을 콱 찌르는 기분이 들었다.

쇼핑이나 피부 관리 같은 것에 하는 낭비치고는 어쩐지 돈이 줄어드는 속도가 빠르다 싶었다. 하지만 도박에까지 빠져 있던 거라면 이해가 간다. 불길한 방향으로 파칭코 구슬과 구슬이 아니, 점과 점이 이어지고 말았다.

나는 집으로 돌아가서 가능한 완곡한 표현을 써가며 이날 있었던 일에 대해 따져 물으니, 이와사키는 또 진주 같은 눈물방울을 뚝뚝 흘리며 사과했다.

그리고 도박도, 담배도 다 끊고 앞으로는 자원봉사와 아로마 캔들 같은 것에 전념하겠다고 맹세하기에 나는 이 문제를 그냥 없었던 일로 흘려보내기로 했다.

—하지만 그나마 잘 넘어간 줄 알았는데, 이번에는 아무리 애를 써도 무시할 수 없을 정도로 강력한 타격이 기다리고 있었다.

"…………"

이번에는 말조차 이을 수 없었다.

이와사키는 불륜을 저지르고 있었다.

비슷한 나이쯤 되어 보이는 남자와 나란히 팔짱을 끼고 길을 걸어 다니는 모습을 보고 말았다.

탐정을 고용해 알아보니 상대는 중학교 시절의 동급생이란다. 동창회에서의 재회가 만남의 계기였다고 한다. 나는 그걸 듣고 불륜의 전모를 알게 됐다.

분명 이와사키는 그곳에서도 이렇게 말했을 것이다.

'중학교 다닐 때 나 말이야, 널 좋아했어'라고.

그게 이와사키가 이성을 유혹할 때 쓰는 단골 레퍼토리였던 것이다. 나는 그때 그 말을 있는 그대로 받아들였다. 아마 나 말고 다른 남자들에게도 그렇게 말했으리라. 괜히 좋아서 들떴던 나 자신이 바보처럼 여겨졌다.

이것만큼은 나도 이와사키한테 차마 말을 꺼낼 수가 없었다. 이번에는 울면서 사과해봤자 그냥 넘어갈 수도 없을뿐더러, 어떻게 이야기를 해야 건설적인 방향이 흘러갈 수 있을지 알 수가 없었기 때문이다.

들켰다는 사실을 전혀 모르는 이와사키는 외출하는 일이 잦았고, 나는 집에 홀로 있는 시간이 늘었다. 혼자서는 어딘가로 나갈 마음조차 들지 않았다. 널찍한 집 안에 혼자 있으니 어쩐지 매우 적막한 공간에 있는 기분이 들었다.

현실 같았으면 집은 끊임없이 아이들이 떠드는 소리로 좀처럼 쉴 수 없는 곳이었다. 현실에서 나는 34세일 때 첫 아이를 얻었다. 그런데 이 세상에서는 단 한 명도 없다. 이와사키도 아이를 낳는 일에 별로 적극적이지 않았다.

나는 그렇게나 바라고 바라던 나만의 시간이 이렇게나 적막한 것일 줄은 몰랐다.

텔레비전에서 마침 퀴즈 프로그램이 나오고 있었다. 젊은 시절부터 퀴즈 프로그램을 좋아했지만, 내가 집에서 바로 정답을 맞히면 아이들이 "아빠가 먼저 대답하면 어떡해!" 하며 야단법석을 떠는 바람에 쉽게 답을 말할 수가 없었다.

하지만 지금은 천천히 생각할 시간도, 대답할 시간도 있다.

"……치바의 구로시오 해류."

정답입니다.

사회자가 나와 똑같은 대답을 한 참가자에게 외쳤다.

문제는 '처음에 치바와 이바라키현 한정으로 발매가 시작된 맥스 커피 캔에 그려진 검은 파도 무늬는 무엇인가?'였다. 나도 때때로 그 달콤함 가득한 커피를 마시고 싶을 때가 있어서 문제의 답을 쉽게 알 수 있었다.

"……."

다만 정답을 맞혀도 아무도 칭찬해주지 않았다. 퀴즈 프로그램은 혼자 보고 답을 알아맞혀봤자 원래부터 퀴즈와 인연이 있는 사람이 아니라면 그다지 즐길 거리가 아닐지도 모른다. 분명 누군가와 함께 방송을 보면서 경쟁하듯 이것도 아니다, 저것도 아니다 하면서 서로 답을 맞히려 해야 재미가 나는 것이리라. 지금 혼자가 되고 나서 처음으로 그 사실을 깨닫고 말았다.

"뭐 마실 거 없나……."

냉장고 안에 맥스 커피가 없다는 걸 알지만, 그래도 안을 살펴봤다.

맥주는 있다. 그리고 와인도, 샴페인도 있다.

그러나 지금 그런 걸 마실 기분은 들지 않았다.

수도꼭지를 틀어 컵에 수돗물을 따랐다. 그리고 목구멍까지 차오르는 것을 억지로 삼키려는 듯 단번에 물을 삼켰다.

염소 소독약 냄새가 입안에 가득 퍼지자 어쩐지 왈칵 눈물이 났다.

"하나요……."

이런 곳에서 현실에 있는 집 생각이 나고 말았다.

"도오루……."

보고 싶다.

"슈헤이……."

보고 싶다.

"쇼타로……."

보고 싶다.

"도모유키……."

─가족이 보고 싶다.

─아들들이 보고 싶다.

─내 아내, 하나요가 보고 싶다.

지금은 그 마음으로 가슴이 터질 것 같았다.

이런 식으로 가족이 머릿속에 어른거리는 걸 보니 이제 곧 원래 세계로 돌아갈 타이밍이 가까워지는지도 모른다.

다만 그와 동시에 한 가지 생각 나는 게 있었다.

"하나요는……."

나와 만나지 않았던 하나요는 대체 어떤 인생을 걷고 있을까.

과거의 세계에서 지긋지긋할 정도로 시간을 보냈음에도 여전히 이쪽 세계에 몸이 남아 있는 이유는 분명 그 점이 마음에 걸려서다. 내 마음이 아직 원래 세계로 돌아갈 수 있을 만큼 부풀어 오르지 않았다.

　정신을 차리고 보니 나는 전철 안에 있었다.

　목적지는 후나바시역. 현실에서 하나요는 그곳 역 지하 슈퍼에서 파트 타임으로 일하고 있었다.

　다른 선택지를 골라 생긴 이 과거의 세계에서도 똑같은 상황일지는 알 수 없지만, 그 정도밖에 단서가 없었다.

　하지만 일은 그리 쉽게 풀리지 않았다. 슈퍼에 가서 하나요라는 사람이 있는지 직접 물어봤지만, 점원은 의심스러운 표정을 짓더니 그런 사람은 없다는 대답만 했다. 뭔가 숨기는 낌새라기보다는, 그저 갑자기 찾아와 이상한 질문을 하는 나를 수상쩍게 여긴 모양이다.

　아무런 단서도 없이 그저 주변을 어슬렁거렸다. 이런 짓을 해도 아무런 의미가 없다는 건 안다. 이 세계에서 하나요를 찾아낼 가능성은 매우 낮다. 아니, 가슴 속 깊은 곳에서는 이대로 못 찾아도 괜찮지 않을까 하는 생각마저 들기 시작했다.

솔직히 무서웠다.

만약 하나요가 이 다른 선택지 속 세상에서 현실보다 더 행복하게 살고 있으면 어쩌나 하고 나는 내심 두려움에 떨었다.

내 안에서 반쯤은 하나요에게 속죄하는 마음이 자리했던 걸지도 모른다.

내 생각만 하느라 바보 같은 망상을 이루려고 여기까지 오고 말았으니까.

그래서 이곳에 내가 받아들일 수 없는 진실이 있다고 하더라도 겸허하게 받아들일 셈이었다.

"아아……."

하지만 그런 마음을 비웃기라도 하듯 하늘에서 굵직한 빗방울이 쏟아지기 시작했다. 우산 따위는 갖고 있지도 않았다. 주변 사람들도 갑자기 쏟아진 비에 놀랐는지 편의점으로 뛰어들어가 우산을 사고 있었다.

그러나 나는 그대로 걸었다.

바보 같은 머릿속을 반성하도록 하기에 딱 좋게 느껴졌다.

그런데 이렇게 비에 쫄딱 젖다니 이게 얼마만의 일일까.

그 순간이야말로 마치 학창시절로 되돌아간 기분이
들었다.

"……."

눈앞에 신호등이 깜박거려도 뛰지 않게 된 건 언제
부터였을까…….

좋아하던 프로야구팀의 주전 선수들 나이가 나보다
어려진 게 언제부터였을까…….

미래의 희망을 품지 못하고, 내 인생을 단념한 채로
산 건 언제부터였을까…….

"아니야……."

그렇지만 지금 하나요를 찾는 걸 포기할 수는 없다.

그것만큼은 확실했다.

이대로 원래 세계로 돌아갈 수는 없다.

하나요와 또 한 번 이곳 세계에서 만나야 한다.

"어……?"

그때였다.

또다시 역 앞의 버스 정류장으로 돌아왔을 때 어떤
모습을 발견했다.

그러나 내 몸은 바로 움직일 수 없었다.

확신이 들지 않았기 때문이다.

"하나, 요……?"

그곳에는 처음 만났을 때처럼 날씬한 모습의 하나요가 있었다.

게다가 아주 예쁘장하게 꾸미고 고급스러운 우산을 든 채였다. 귀부인이라고 불러도 될 정도의 차림새였다. 그리고 곁에는 키가 크고 빳빳한 셔츠를 입은 남자가 보였다. 왁스로 단단히 고정한 머리칼과 멋들어진 옷차림을 보아하니 나보다 더 남자다운 사람임은 자명했다. 솔직히 하늘과 땅 같은 차이였다. 물론 내가 땅이지만.

하늘에 빛나는 달처럼 멋진 남자의 반걸음 뒤를 하나요가 살포시 따라 걷는 중이었다.

"하나요……."

저도 모르게 그 뒤를 쫓았다. 쫓을 수밖에 없었다. 지금은 땅바닥을 기어서라도 쫓아가야만 했다.

두 사람은 역 앞의 도부 백화점 안으로 들어가려 했다. 입구에 도착하자 쓰고 있던 우산을 접었다. 그러나 남자는 우산에 맺힌 빗물만 대충 털었을 뿐, 비닐도 씌우지 않고 건물 안으로 들어가려 했다. 나는 그 모습만으로도 어쩐지 가슴 안쪽에서 울컥하는 기분이 들었다.

그리고 그 심정은 하나요도 마찬가지였던 모양이다.

내가 있는 쪽에서는 멀어서 목소리가 잘 들리지 않았지만, 하나요가 남자에게 뭐라고 말했다. 그런데 그때부터 보인 남자의 행동은 전혀 뜻밖의 것이었다.

"앗······!"

남자가 하나요에게 난폭하게 우산을 들이밀었던 것이다.

하나요는 언성을 높이지 않았다. 아니, 대꾸조차 한마디 하지 않았다.

그저 하나요는 쓸쓸한 표정을 지을 뿐이었다. 그리고 조용히, 조심스럽게 그 우산의 빗물을 털어냈다.

남자는 고마워하는 기색 없이 빨리 끝내기나 하라는 듯 짜증스러운 표정으로 하나요를 지켜보기만 했다.

─하지만 그 광경을 보고 제일 화가 난 건 다름 아닌 나였다.

그런 쓸쓸한 표정을 짓는 하나요라니, 처음 봤다.

하나요가 저런 얼굴을 하게 만든 건 지금 바로 옆에 남편처럼 보이는 저 남자다.

게다가 지금 같은 일이 일상적인 것처럼 비치는 남자의 태도와 하나요의 반응이 견딜 수 없을 정도로 가슴 아팠다.

어떤 계기로, 어떠한 경위로 하나요가 이 남자와 함

께 있는지는 알 수 없다.

지금 나는 이 남자를 도저히 용서할 수 없었다.

"⋯⋯무슨 일이죠?"

남자가 그렇게 물었다. 내가 남자의 바로 눈앞에 섰기 때문이다.

상대방은 나를 위압적으로 내려다봤다. 키가 나보다 10센티미터는 더 큰 듯했다. 게다가 운동으로 다져졌는지 몸매도 다부졌다.

그러나 여기서 눈을 돌릴 수는 없었다.

"⋯⋯이 사람을 슬프게 하는 짓은 하지 마."

"⋯⋯하나요. 이 사람 누구야? 아는 남자야?"

남자는 내 말을 무시하고 하나요에게 물었다. 나와 하나요는 결혼 정보 회사를 통해 만났으니 하나요는 당연히 지금의 나를 모른다. 하나요는 불안한 듯 고개만 가로저을 뿐이었다. 나는 그런 하나요의 얼굴을 보는 것도 처음이었다.

"⋯⋯당신, 갑자기 나타나서 이게 무슨 짓이야?"

"내가 누구든 그게 무슨 상관이지? 지나가다가 당신의 태도를 보고 용서할 수 없었을 뿐이야."

"⋯⋯왜 당신이 남의 가정사에 끼어들고 난리인데?"

"아무튼 그런 태도는 사랑하는 아내한테 할 짓이 아

니잖아!"

"……정말 짜증 나는군."

그때 남자가 우산을 하나요에게 들이밀었을 때처럼 아니, 그보다 더 강한 힘으로 나를 떼밀었다. 순간 비틀거린 내가 넘어지지 않으려고 하다가 문득 남자의 팔을 붙잡고 말았다.

그러나 내 손이 닿은 게 남자의 심기를 거스른 모양이었다.

"감히 어딜 건드려!"

남자는 손을 뿌리치면서 힘껏 내 몸을 밀쳤다.

이번에 나는 스스로 몸을 지탱할 길이 없어 그 상태로 뒤로 고꾸라지고 말았다.

넘어진 곳은 운이 나쁘게도 이제 막 생긴 물웅덩이였다.

"으으으……."

빗물에 흠뻑 젖고 말았다…….

남자는 그래도 공격적인 손짓을 멈추지 않았다.

"……너 같은 정신 나간 놈이 시비를 거는 바람에 내 슈트가 더러워졌잖아! 세탁비 요구 안 한 것만으로도 감사히 여겨!"

내 멱살을 잡은 채 토해내듯 말을 내뱉은 남자는 나

를 향해 물웅덩이를 걷어찼다.

"푸허업."

나는 그 물보라에 제대로 얻어맞고 말았다.

남자는 이제야 속이 풀렸다는 듯 그 자리를 떠나버렸다.

남은 건 물웅덩이 속 중년 남자.

우산도 쓰지 않은 채 빗속을 걷는 바람에 처음부터 온몸이 젖어 있긴 했지만, 지금은 그 이상으로 꼴이 말이 아니다…….

"하핫……."

그때 내 입에서 나온 건 후회와 슬픔이 뒤섞인 외침이 아니라 포기에 가까운 웃음이었다. 나 자신이 너무나도 한심했기 때문이다.

허릿심이 빠져 제대로 일어설 수가 없었다. 물웅덩이에서 바로 일어날 수 없었던 건 바로 그래서였다. 하반신은 다 젖어서 이제 감각조차 안 느껴진다. 허리와 함께 온몸의 힘이 쏙 빠진 듯했다.

주변 사람들의 시선이 따갑다.

나를 멀리 돌아 지나쳐 간다.

하나요 앞에서 한심한 꼴을 보이고 말았다.

하지만 그녀도 같이 떠났을 테니 이대로 젖어 있어도

상관없다.

언제까지고 과거에만 사로잡혀 알맹이는 그대로인 중년 남자한테 딱 어울리는 최후였다.

참으로 기막힌 결말을 맞이하고 말았다.

처음에는 그렇게나 신나서 좋아하더니. 역시 과거로는 돌아오지 말아야 했어······.

─그런 생각을 한 순간이었다.

"······괜찮으세요?"

"네······?"

고개를 드니 그곳에는 하나요가 있었다.

우산을 쓴 채로 나를 걱정스럽게 바라보고 있다.

설마 아직도 내 곁에 있다니······.

"괘. 괜찮습. 니다······."

나도 모르게 존댓말로 답해버렸다. 지금은 부부도 뭣도 아닌 생판 남에 불과하니 말이다.

그리고 정말로 딴사람 같은 모습이어서 그렇게 대답할 수밖에 없었다. 외모부터 말투까지 모든 게 완전히 다른 사람처럼 느껴졌다.

다만 아직 웃는 얼굴을 보지 못했다.

그게 가장 큰 차이였다.

원래 하나요는 잘 웃는 사람이었다. 입을 크게 벌린

채 아하하 웃으니까 나도 모르게 따라 웃게 되는 일이 많았다.

─하나요는 지금 행복할까?

그게 너무나도 궁금했다. 현실보다 유복한 삶을 사는 건 분명했다. 그렇지만 내 쓸데없는 참견일지는 몰라도, 그게 정말로 하나요에게 행복한 인생인지는 알 수 없었다.

지금은 아이도 없는 모양이다.

현실에서 나와 그녀는 아들을 넷이나 낳았다.

─도오루, 슈헤이, 쇼타로, 도모유키.

그 애들이 함께 있을 때는 수도 없이 화를 내기도 했지만, 웃는 일도 그만큼 많았다.

그래서 나는 그 자리에서 묻지 않을 수 없었다.

"……당신은 지금 행복하세요?"

맥락도 없이 그렇게 물었다.

꼭 그 대답을 알고 싶었다.

그러자 하나요는 조금 망설이더니 이렇게 대답했다.

"……네, 행복해요."

그러나 하나요가 그렇게 대답한 순간, 한 가지 사실을 깨달았다.

하나요의 코를 찡긋거리는 모습.

그건 오랜 부부 생활 중에서 내가 익히 보아온 하나요의 버릇이었다.

하나요가 코를 찡긋거리며 무슨 말을 하는 건 거짓말을 할 때뿐이었다.

즉, 하나요는 지금 거짓말을 하고 있다.

행복하지 않다는 뜻이다.

그리고 그런 버릇을 모르더라도 지금 표정만으로도 당연하게 알 수 있는 사실이었다.

그렇다고 지금 이 한심한 꼬락서니를 한 내가 할 수 있는 일은 아무것도 없지만…….

"……옷이 다 젖어버렸네요."

아무 대답도 하지 않는 나를 향해 하나요가 그렇게 말하며 우산을 내밀어 내가 비에 더 젖지 않도록 해주었다.

하지만 그렇게 하면 하나요가 비에 젖고 만다.

"……괜찮아요. 혼자 있을 때 비에 젖는 것도 나쁘지 않으니까요."

내가 괜히 허세를 부리며 대답하자 하나요는 눈을 동그랗게 떴다가 나를 바라봤다.

그리고 무슨 생각을 했는지 천천히 우산을 접었다.

지붕도 없고, 비가 쏟아지는 밖에서 말이다.

"자, 잠깐, 그러면 당신까지 비에 젖어요!"

내가 그렇게 말해도 하나요는 신경 쓰지 않는 눈치였다.

그리고 나를 보며 이렇게 말했다.

"……이유는 잘 모르겠지만 당신을 보니 어쩐지 그리운 기분이 들어요."

"그리운 기분……"

빗소리가 머릿속을 울린다.

마치 문을 노크하듯 또옥, 또옥 하고.

그게 내 기억 속을 천천히 헤집는 것 같았다.

돌이켜보니 내가 프러포즈를 하면서 했던 말은…… '저와 같이 비에 젖어주시겠습니까?'였다.

왜 그렇게 말했느냐면, 결혼이라는 게 그런 것이라고 짐작했으니까.

함께 행복해지기만 하는 게 아니라 함께 불행해져도 그 어려움을 함께 극복할 수 있는 사람과 인생을 걸고 싶었다.

하나요라면 어떤 때라도 평생 함께할 수 있을 거라고 생각했으니까…….

"하나요 씨……"

"네……?"

낯선 사람의 입에서 나온 자신의 이름을 들은 하나요는 깜짝 놀란 표정을 지었다.

그토록 중요한 걸 이때까지 잊고 있던 나를 용서해줬으면 한다.

현실에서는 얼굴에 미소가 가득하게 해줄 테니까.

나는 하나요의 눈동자를 똑바로 보면서 말했다.

"저와 같이 비에 젖어주시겠습니까……?"

—덜커덩, 덜커덩, 푸쉬잇…….

다나카가 다시 눈을 뜬 순간, 마침 그 마호로시역에 도착해 있었다.

전철 문이 열리고 다나카가 플랫폼에 내려서자 아까그 역무원이 곁으로 다가왔다.

"다나카 씨, 어서 오세요. 인생의 분기점으로 돌아가는 과거 여행은 어떠셨나요?"

역무원은 살짝 웃으며 그렇게 물었다.

다나카는 그 말에 괜한 말을 덧붙이지 않고 솔직히대답했다.

"……여러 가지를 깨달았습니다."

"……어떤 것을요?"

확인하듯 질문하는 역무원에게 다나카는 이 역시 솔직하게 답했다.

그게 정말로, 지금 이 순간의 솔직한 대답이었기 때문이다.

"……제가 너무나 작은 존재였다는 점. 그리고 나이만 먹었지 여전히 마음은 성장하지 않았던 미숙함을요. 그리고 지금 이렇게나 소중한 사람이 곁에 있다는 것을 다시금 깨달았습니다. 이렇게 소중한 것들에 둘러싸여 살았는데도 그걸 알아차리지 못했다니……."

지금 와서 새삼스럽게 가족의 소중함을 깨달았다. 언제나 가족 여섯이서 지내던 현실의 집과 혼자 우두커니 있던 과거의 집은 전혀 다른 것이었다. 나 혼자만의 시간을 갖고 싶다고 그토록 바랐으면서, 이제 더는 혼자서 버틸 수 없는 몸이 되고 말았다.

그리고 다시 하나요를 만나 그녀의 따스한 마음을 접하자 진심으로 현실의 세계로 되돌아오고 싶었고 다시 한번 프러포즈를 한 순간, 다나카는 이 마호로시역으로 돌아올 수 있었던 것이다.

그런 다나카를 향해 역무원은 이런 질문을 던졌다.

"더는 손에 넣을 수 없는 과거의 것을 세는 것보다 지금 눈앞에 있는 소중한 것의 수를 세어보는 게 어떠세요?"

"눈앞에 있는 소중한 것의 수……."

그 말대로 소중한 것을 놓치고 있었던 걸지도 모른다.

제멋대로 저 멀리만 바라봤다.

보이지도 않는 걸 찾아다녔다.

닿지도 않는 데로 손을 뻗어댔다.

소중한 건 이렇게나 가까운 곳에 있는데…….

그리고 역무원은 마지막으로 다나카에게 물었다.

"당신은 지금 행복한가요?"

○

"다녀왔습니다!"

다나카는 집으로 돌아오자마자 큰 소리로 외쳤다. 식탁은 이미 또 전쟁터로 변했는지 다녀왔냐는 인사는 역시나 들려오지 않았지만 그런 건 이제 상관없었다.

"이거 맛있다!"

"그거 내 거야!"

"나도 좀 줘!"

"흐아앙!"

"당신도 어서 와서 밥 먹어! 한꺼번에 설거지할 거니까!"

평소처럼 하나요의 목소리가 날아왔다.

하지만 지금은 그 음성이 너무 그립게 들려서 다나카는 저도 모르게 눈물이 날 뻔했다.

"무, 물 마시고 와서 먹을게!"

갑자기 우는 얼굴을 보일 수는 없는 노릇이다. 걱정하기는커녕 분명 어처구니없어할 게 뻔하다. 하나요에게는 오늘이 평소처럼 별일 없는 평소와 똑같은 하루일 테니까.

"크하앗. 아아, 물맛 좋다. 진짜 맛있어⋯⋯."

다나카가 컵에 가득 물을 따라 마시며 그렇게 말하자, 하나요가 의아한 표정을 지으며 바라봤다. 겨우 물 한 잔 가지고 이렇게 감탄하며 마시는 게 이상해 보였을지도 모른다. 그러나 지금 다나카는 진심으로 그런 심정밖에 느껴지지 않았다.

"어머나, 저 사람 왜 저런대?"

그렇게 말한 하나요가 자리에서 일어나 다나카의 저녁 식사 준비를 했다.

그러나 그때 뜻밖의 소리가 거실을 울렸다.

뿡, 하는 방귀 소리가 났던 것이다.

"크하하하!"

"엄마, 방귀 꿰었다!"

"뿡! 뿡뿡뿡!"

"엄마, 뿡."

하나요가 자리에서 일어난 타이밍에 맞춰 뀐 방귀에 아이들이 배꼽 잡고 웃음을 터트렸다.

다나카는 평소 같으면 그 광경에 어이없어했겠지만, 지금은 아이들과 함께 박장대소했다.

"헤이, Siri*! 방귀 그만 뀌어!"

도오루가 하나요의 엉덩이에 대고 장난스럽게 외치자, 웃음소리가 한층 더 커졌다.

"도오루, 엉뚱한 소리 하지 말고 빨리 밥이나 먹어!"

그런 모습을 보고 있자니 다나카는 어쩐지 눈가에 눈물이 맺혔다.

"너무 웃어서 그런가……."

---

* 애플사의 음성 명령 소프트웨어가 'Siri'인 것에 착안하여, '시리(尻)'라는 같은 발음의 일본어 단어 '엉덩이'를 가지고 한 말장난

"뭘 울 정도로 웃어? 당신도 얼른 먹기나 해!"

하나요의 호통에 다나카는 허겁지겁 밥을 먹기 시작했다.

그래도 눈물은 여전히 흘러내렸고 동시에 조금이라도 마음을 놓으면 아까의 방귀 사건이 떠올라 웃음이 비어져 나올 것 같았다.

"……아아. 역시 집밥이 최고라니까."

"그렇게 칭찬해봤자 내가 회나 맥주를 턱턱 사다 줄 것 같아?"

지금은 그런 타박이라도 현실의 내 아내 하나요의 말이라 기쁘기만 했다.

다 같이 둘러앉아 먹는 집밥은 너무나도 맛있었다.

"……하나요. 항상 고마워."

"갑자기 왜 이래, 징그럽게!"

"……하나요, 미안해."

"정말 왜 그러는데? 무슨 나쁜 짓이라도 했어?"

— 이제부터 하나요한테 이것저것 하고 싶은 말이 많을 거 같다.

그 마호로시역에서 일어난 일은 잘 설명할 자신도 없고 설명해봤자 믿어줄 리도 없겠지만, 오랜만에 옛날을 추억하며 이야기꽃을 피우고 싶었다.

나와 하나요가 처음 만났을 때의 일. 그리고 우리 가족의 미래에 대해…….

　그리고 다나카는 하나요에게만 들릴 정도의 작은 목소리로 물었다.

　"……하나요, 당신은 지금 행복해?"

　"하나도 안 행복해! 가난해서 먹고 살기 바빠 정신이 하나도 없다고!"

　하나요는 코를 찡긋거리며 그렇게 대답했다.

제Ⅱ화

만약 그때 가고 싶은
대학에 합격했더라면

모리노 나오코는 대학 생활을 통 즐기지 못하고 있었다.

　지금 다니는 대학은 나오코가 제1지망으로 선택한 학교가 아니라, 혹시나 해서 보험 삼아 시험을 봐둔 대학이어서였다. 물론 가고 싶지 않던 대학이라고 해서, 그 학교 자체가 시답지 않은 곳이 아니라는 건 잘 안다. 다만 도저히 뭘 해도 즐길 기분이 나지 않았다. 공부도 집중이 안 되고, 동아리에 들어갈 마음도 들지 않았다. 아르바이트도 처음에는 멋들어진 카페나 활기 넘치는 이자카야 주점에서 일할 생각이었지만, 결국 대학 근처에 있는 편의점 일로 대충 골랐다.

　"어서 오세요……"

제일 하고 싶었던 아르바이트가 아니라고 해서 침울한 마음으로 손님을 맞이해서는 안 된다는 것 역시 잘 안다.

그러나 지금은 활기 넘치고 밝게 행동할 수 없는 이유가 있다.

대학 입시에서 실패한 후 1년이 지나가면서 마음의 정리가 됐을 무렵, 아주 충격적인 일이 벌어졌던 것이다.

여동생 유이가 올봄 나오코가 제1지망으로 선택했던 대학에 합격했다.

믿을 수 없는 일이었다. 처음에 그 소식을 들었을 때 나오코는 저도 모르게 얼어붙고 말았다. '축하해'라고 말했어야 했는데 차마 그 말이 나오지 않았다. 그냥 "잘됐네"라고만 말하고. 그날 아무 약속도 없는데 저녁은 친구랑 먹고 들어오겠다며 엄마한테 거짓말을 하고는 집을 나갔다. 동생의 대학 합격을 축하하는 식사 자리에 도저히 웃는 낯으로 있을 수 없었던 까닭이다.

꼭 동생이 보란 듯 자랑하는 것처럼 느껴졌다.

유이가 그 대학을 목표로 삼고 있다고 한 건 나오코도 전에 들어서 알고 있긴 했지만, 그래도 역시 이해할 수가 없었다.

나오코는 아무리 애를 써도 동생의 대학 합격이 자꾸 잘난 척처럼 느껴졌으니 말이다.

유이는 예전부터 뭐든지 잘하는 아이였다. 공부도, 운동도 어릴 때부터 나오코보다 더 잘했다. 아주 어릴 때는 별로 신경이 쓰이지 않았지만, 사춘기가 지나 고등학생이 됐을 때부터 그런 여동생에게 열등감을 느끼기 시작했다.

그래서 나오코는 더더욱 대입 준비에 사활을 걸었다.

남들은 기껏 대학 입시 가지고 무슨 유난이냐고 할지 모르겠지만, 어떻게든 그것을 언니라는 존재를 증명하기 위한 수단으로 여겼다.

그렇기에 많이 노력했다. 나오코 나름대로 최선을 다할 셈이었다.

하지만 그래도 떨어졌다. 재수를 하겠다는 선택지는 없었다.

그렇게 하면 1년이 지나 동생과 같은 학년이 될 뿐만 아니라, 재수까지 하고도 자신만 또 대학 입시를 망치는 일이 생기면 다시는 일어설 수 없을 것 같은 기분이 들었으니까…….

"이봐, 패밀리마트 프라이드치킨 하나 달라고 했잖아!"

손님의 호통을 듣고 번쩍 정신이 들었다.

"아, 죄송합니……."

"빨리 좀 해!"

화가 잔뜩 난 손님의 목소리가 계속 이어진다. 이런 일은 전에도 있었다. 그때도 생각에 잠겨 있다가 일에 집중하지 못하는 바람에 선배한테 잔뜩 혼이 났다.

"이봐, 난 지금 바쁘단 말이야!"

"아, 아니, 저어……."

하지만 이때만큼은 나오코의 실수 때문이라고 할 수는 없었다.

그러나 손님은 그런 사실은 알지도 못한 채 아예 나오코의 말을 귀담아들을 생각도 않고 언성부터 높였다.

"뭐 저런 굼뜬 게 다 있어? 이래서 어디 사회에서 밥 벌어 먹고 살겠냐!"

"…………."

손님은 마지막 말을 내뱉으며 떠나가 버렸다.

나오코는 어쩐지 왈칵 눈물이 났다.

"……아아, 진짜 다 싫다."

그럴 수밖에 없는 게 이곳은 세븐 일레븐이다. 패밀리마트의 프라이드치킨을 여기서 팔 리가 없다.

너무나도 불합리한 항의에 당하고 말았다. 이런 불합리가 아무렇지도 않게 통용되는 사회라면 정말로 자신은 잘 살지 못할 것 같다. 게다가 제1지망보다 등급이 훨씬 낮은 대학에 들어갔으니 사회에 발을 디디기도 전에 구직 활동으로 고전을 면치 못할 거라는 생각마저 들었다.

"어휴……."

대학 입시 실패에 아직도 신경을 쓰는 스스로에게 한숨이 나왔다.

이제 더는 이런 식으로 생각하고 싶지 않다.

언제까지 이런 마음이 계속 머릿속에 자리를 잡고 나를 따라다니는 걸까. 어깨와 등에 들러붙어 있는 이 안개를 떨치는 방법을 알고 싶었다.

어제는 또 유이와 싸우고 말았다.

'또'라고 할 정도로 요즘은 별것 아닌 일로도 몇 번이나 싸운다. 나오코가 원하던 대학을 못 가고, 유이가 합격까지 한 후로 명확히 둘 사이는 틀어지고 말았다.

나오코는 자신이 불합격한 대학에 유이가 합격한 게 노골적인 자랑질일 리는 없겠지만, 자꾸 그렇게만 느껴졌다. 유이가 대학에 입학하고 동아리에서 멋진 남자친구를 사귀게 된 것도 자신에게 대놓고 이죽거리는 것만 같았다. 그래서 말이 싸움이지, 나오코 혼자 괜한 화풀이를 해서 제멋대로 언짢아하는 일이 대부분이었다.

정말 싫다.

사실 나오코도 뭐든지 대학 입시 실패 탓으로 돌리는 자신이 진심으로 싫었다. 중학생이 되기 훨씬 전까지만 해도 유이와 어디든 늘 함께 다녔고, 사이 좋은 자매라는 소리도 자주 들었다. 그러나 이제 그런 흔적은 찾아볼 수도 없다.

여러 감정을 떨쳐내고 싶어서 아르바이트를 마치고 돌아가는 길에 역 앞의 패밀리마트에 들렀다.

다이어트 중이긴 했지만 자포자기의 심정으로 프라이드치킨을 샀다.

하늘에는 아름다운 보름달이 떠 있었지만, 그런 것엔 눈길도 주지 않고 치킨을 뜯었다.

금강산도 식후경이다.

달구경도 치킨을 먹은 후다.

오랜만에 먹은 치킨은 참 맛있었다. 맛은 있었지만 어쩐지 또 눈물이 날 것 같았다.

그래도 어떻게든 눈물을 꾹 눌러 참고, 플랫폼에 들어선 전철을 타서 좌석에 앉았다. 오늘은 빈자리에 앉을 수라도 있어서 그나마 다행이라고 여기고 싶다. 이 시간대의 소부선 전철은 겨우 몇 분 차이로도 혼잡한 정도가 크게 달라진다. 솔직히 아르바이트 일자리를 학교 근처로 잡은 건 실수였다고 생각한다. 그냥 집 근처의 쓰다누마 역 근처로 할 걸 그랬다. 강의도 없는데 군이 학교까지 아르바이트를 하러 나가다니 엄청난 시간 낭비 같았다. 이런 것도 제대로 고려하지 않았다. 많은 일들을 다시 시작하고 싶다는 욕구가 샘솟았다.

다시 시작할 수만 있다면…….

역시 나오코의 머릿속에 떠오른 건 그렇게나 생각하지 않으려 애썼던 대학 입시였다.

이렇게 계속 대학 입시 실패를 마음에 두는 사람이 있긴 할까.

자신에게는 그만큼 중요한 일이었을지도 모른다.

그리고 마음이 조금씩 정리되기 시작했을 무렵, 동생의 합격 소식으로 인해 그 미련은 마치 멍 자국처럼 서서히 얼룩이 진해져서 드러나고 말았다.

후회는 아직도 사라질 기미가 보이지 않는다.

머릿속을 스치고 있다.

아니, 머릿속에 바짝 들러붙어 있다.

몇 번이나 자꾸 생각하게 된다.

만약 그때 가장 가고 싶었던 제1지망 대학에 합격했다면 지금 나는 어떻게 됐을까…….

—달카당.

—달카당.

전철이 다리 위를 지나면서 주행하는 소리가 리드미컬하게 바뀌었다. 전철은 히라이역을 지나 신코이와역으로 향하는 중이었다. 그리고 이 함께 나란히 흐르고 있는 아라카와와 나카가와, 두 강의 광경을 볼 때마다 나오코의 머릿속에 떠오르는 것이 있었다.

『시간을 달리는 소녀』였다.

나오코는 호소다 마모루 감독의 애니메이션 『시간을 달리는 소녀』를 매우 좋아했다. 주인공인 고등학교 여학생 마코토. 그리고 동급생인 두 남학생 치아키와 고스케. 작품은 이 세 사람을 중심으로 그려진 청춘 영화다. 몇 번이나 본 그 영화 속에서 마코토와 치아키가 이 아라카와 강가를 나란히 걷는 장면이 나왔다. 그 후 이 장소가 좋아졌고, 도쿄에 있는 대학에 입학해야겠다고 결심한 이유가 됐다. 그러면 매일 전철을 타면서 이 경치를 볼 수 있을 테니까.

돌이켜보면 영화 속에서 마코토는 어떤 일로 인해 타임 슬립을 하여 과거로 돌아가 다시 시작할 수 있는 능력을 얻었다. 나오코도 할 수만 있으면 타임 슬립을 하고 싶다.

그러면 과거로 돌아가서 대학 입시를 다시 치를 텐데. 그리고 꿈에 그리던 제1지망 대학의 캠퍼스 생활도 해볼 수 있을 텐데……

—그때 몸이 두둥실 뜨는 듯한 신기한 감각이 느껴졌다.

"어……?"

곧이어 눈앞에는 아까와 전혀 다른 풍경이 펼쳐져 있었다.

푸르스름한 어둠 속 세계.

보름달만 덩그러니 하늘에 떠 있다.

전철 안에는 나오코 혼자뿐이었다.

"이게 무슨 일이지……?"

나오코는 영문을 알 수 없어 주변을 두리번거릴 수밖에 없었다. 아까까지 분명 소부선 전철을 타고 있었는데…….

천천히 내달리던 전철이 마침내 부드러운 빛이 켜진 역 앞에 멈춰섰다.

그곳 역 간판에는 '마호로시'라고 적혀 있다.

그 외에는 아무것도 없었다.

"여긴 어디지……?"

나오코는 여전히 뭐가 뭔지 혼란스러웠다.

『시간을 달리는 소녀』에서도 이런 전개는 나오지 않았다.

○

"마호로시역에 잘 오셨습니다."

나오코 앞에 나타나 자신을 5월의 역무원이라고 소개한 남자가 그렇게 인사했다. 겉으로 보기에 나이는 나오코보다 훨씬 더 든 것 같았다. 하지만 지금은 그런 나이보다 이 이해할 수 없는 상황에 대한 궁금증이 더 많았다.

"저기요, 대체 여기가 어디예요……? 제가 왜 이런 곳에……."

나오코가 묻자 역무원은 헛기침을 한 번 한 후, 그 물음에 대답했다.

"당신이 이 마호로시역에 도착한 데는 몇 가지 이유가 있습니다. 그중에서 가장 큰 이유는……."

역무원은 손가락을 하나 세우며 말했다.

"당신이 과거로 돌아가 어떤 일을 꼭 다시 할 수 있

으면 좋겠다고 바랄 정도로 강렬한 후회를 품어서죠."

"과거로 돌아가 어떤 일을 꼭 다시 할 수 있으면 좋겠다고 바랄 정도로 강렬한 후회……."

그렇게 말한 나오코의 마음속에 짚이는 게 있었다.

아까까지 아니, 이전부터 줄곧 대학 입시를 다시 치르고 싶다고, 그때의 후회를 항상 생각하며 살았기 때문이다.

"네, 그리고 다른 몇 가지 이유가 겹쳐서 당신은 이 마호로시역에 오게 됐습니다. 그런 당신은 이곳에서 과거의 분기점으로 돌아갈 기회를 얻게 되죠."

"과거의 분기점으로 돌아갈 수 있다고요……?"

무슨 소리인지 도통 알 수 없는 말만 연달아 듣고 있는 기분이었다. 이곳에 오게 된 것도 믿어지지 않는 판국에, 갑자기 과거의 분기점으로 돌아갈 수 있다니…….

여전히 눈앞에 벌어진 일을 받아들일 수 없었다. 어떻게 이런 상황을 쉽게 이해할 수 있단 말인가.

그러나 그런 마음속 동요를 읽어냈는지 역무원은 편안한 잡담이라도 하는 것처럼 나오코의 가방에 달린 것을 손가락으로 가리켰다.

"……그거, 참 귀엽네요."

"가, 감사합니다."

그곳에 있는 건 작은 곰 인형이 달린 스트랩이었다. 바느질도 못하는 엄마가 대학 합격의 기원을 담았다며 펠트로 만들어준 것이었다. 그 효과가 발휘되는 일은 없었지만, 나오코는 그걸 부적 삼아 아끼며 늘 가지고 다녔다. 지금도 그 펠트 인형을 만지면 이런 말도 안 되는 상황에서도 마음이 차분해졌다.

"……저어, 당신이 5월의 역무원이라면 다른 달에도 역무원이 여럿 있는 건가요?"

부적과도 같은 곰 인형을 만진 덕분일까. 나오코는 자기가 먼저 질문할 정도로 진정된 태도를 보였다.

"네, 뭐, 그런 것 같아요."

"그런 것 같다니……."

제대로 확신하는 건 아닌 모양이다. 본인도 그게 마음에 걸렸던지, 역무원은 바로 말을 이었다.

"전철이라는 게 원래 많은 사람이 타고 내리는 거라 여기 역무원도 여러 사람이 하고 있거든요."

"아, 그렇군요……."

알 것 같기도 하고, 아닌 것 같기도 하고……. 승객과 역무원은 서로 별개인 것 같은데…….

하지만 나오코가 그 말을 정정하지 않은 건, 눈앞에

있는 역무원이 자기가 제대로 답한 건지 안절부절못하고 불안한 표정을 보여서였다. 그래서 도저히 냉정히 따질 수가 없었다.

그 대신 다른 질문을 던졌다.

"……아까 말씀하셨던 과거의 분기점으로 돌아간다는 게 무슨 뜻인지 알려주시겠어요?"

아직 뭐 하나 믿음이 가는 것은 없었지만, 그 말은 좀 궁금했다.

그러자 역무원은 고개를 끄덕인 후, 설명을 시작했다.

"인생에는 반드시 분기점이라는 게 있죠. 중대한 선택을 해야 할 때라든가 혹은 어떤 운명과도 같은 것에 휘둘리는 순간이 있는데, 바로 그런 인생의 분기점으로 되돌아갈 수 있습니다. 이 마호로시역에서 출발하는 전철을 타고요."

"어떻게 그런 일이……."

과거의 분기점으로 돌아갈 수 있다는 말은 나오코가 머릿속으로 상상한 것과 정확히 일치했다. 그리고 그건 마치 아까까지 머릿속으로 떠올렸던 『시간을 달리는 소녀』의 내용과도 비슷했다. 그 말이 사실이라면 과거로 돌아가 다시 시작할 수 있다.

마음속으로는 아직 눈앞의 일을 믿을 수 없었지만, 그 말을 들은 순간 모든 걸 믿고 싶어졌다.

아니, 매달리고 싶었는지도 모른다.

왜냐하면 나오코한테는 어떻게든 다시 시작하고 싶은 과거가 있었으니까…….

"……그런 일이 정말 가능하다면 저는 대학 입시를 준비하던 그때로 되돌아가고 싶어요!"

그것밖에는 없었다.

그것 외에는 있을 수가 없었다.

그날 일은 틀림없이 나오코에게 있어 인생의 분기점이었다.

"대학 입시 말인가요? 하긴 시험이 인생을 좌우하는 것이긴 하니까요. 시험은 전쟁이라고 해도 과언이 아니기도 하고, 사회에 나가기 전의 중요한 토대로 여기는 사람도 많으니 말이죠."

역무원은 고개를 연신 끄덕이며 말했다.

나오코는 거의 달려들 기세로 말을 이었다.

"대학 시험을 다시 볼 수 있는 거죠? 그러면 제가 제일 가고 싶었던 대학에 갈 수 있겠죠? 그러면 꿈에 그리던 대학 생활을 마음껏 즐길 수 있을 거예요! 그렇게만 된다면 제 인생이 확 바뀔 것 같다고요!"

나오코가 앞을 똑바로 보며 말한 순간, 역무원은 "앗" 하는 얼빠진 소리를 냈다.

나오코는 지금 왜 그런 탄성이 튀어나왔는지 영문을 알 수 없었다.

"아, 저어……. 제가 설명을 하나 빼먹었는데……."

역무원은 설명하기 매우 곤란하다는 듯 이어서 말문을 열었다.

"과거의 분기점에 돌아가서 다른 선택을 하더라도 지금의 현실을 바꿀 수 있는 건 아니에요. 다른 선택지를 골랐을 때 그 인생이 어떻게 되는지만 알 수 있죠……."

"네?"

그건 전혀 뜻밖의 이야기였다.

그러면 대체 뭣 하러 과거로 돌아간단 말인가…….

"죄송합니다. 제가 이 일이 익숙지가 않아서……. 정말 죄송합니다……."

역무원은 사과했지만, 이 역시도 지금 현재 일어난 실수일 뿐이다. 과거로 돌아가봤자 아무것도 바꿀 수 없다는 사실만큼은 그대로였다.

"과거의 분기점으로 돌아가도 다른 선택지를 골랐을 때 그 인생이 어떻게 되는지만 알 수 있다니……."

나오코는 그 말을 반추하며 생각을 곱씹었다.

과거로 돌아가도 현실은 달라질 게 전혀 없다는데 그게 무슨 의미가 있을까…….

그렇지만 이제 이 답답한 심정에 종지부를 찍어야 한다는 건 알고 있다. 머릿속에 낀 안개를 걷어내고 싶었다.

그럼 이건 좋은 기회가 아닐까……?

하지만 어쩌면 지금보다 더 깊은 절망을 맛보게 될 가능성도 있다.

손에 쥘 수 없었던 행복한 미래를 보고, 씻을 수 없는 후회가 늘어나기만 한다면…….

그때 역무원이 나직이 말했다.

"……그럼 일단 시험 삼아서 체험해보시는 것도 좋겠네요."

이번에는 제법 괜찮은 말을 했는지 걱정하는 기색은 보이지 않았다.

자신도 갑자기 생각나서 꺼낸 제안 같긴 했지만, 나오코를 배려해서 한 말 같았다.

분명 이대로 이 기회를 놓치면 또 다른 후회가 생기지 않을까 해서…….

"시험 삼아서, 라고요……."

나오코는 어쩐지 그 단순한 말을 받아들이고 싶은

기분이 들었다.

　일단 그것만으로도 충분할 것 같다. 자신이 고르지 못했던 선택지의 미래를 보고 후회만 커질 가능성도 있겠지만, 어쨌든 간에 이걸로 결단을 내리자고 마음먹었다. 어떤 답이 기다리고 있든 오늘로써 후회하는 행동은 끝내고 싶었다. 그리고 이런 신기한 장소에 이르게 된 것도 어떤 의미가 있다면, 그 기회를 물거품으로 만드는 건 너무나도 아깝지 않을까 하는 생각이 들었다.

　이 장소는 초대받은 사람만이 도달할 수 있는 곳이라고 하니까.

　"……알았어요. 그럼 일단 시험 삼아 제 과거의 분기점으로 돌아가볼게요."

　"그래요! 그럼 다행이네요……."

　역무원은 가슴을 쓸어내리는 소리가 들릴 정도로 안도한 목소리로 말했다.

　"그럼 다시 전철을 타세요."

　역무원의 재촉을 받아 나오코는 차량 안으로 들어갔다.

　그리고 역무원은 나오코의 앞에 서서 마지막 설명을 시작했다.

"……그럼 지금부터 돌아가고 싶은 인생 속 과거의 분기점을 떠올리면서, 그 순간으로 되돌아가고 싶다고 강한 염원을 담아 비세요. 전철이 달리면서 터널을 빠져나가면 그곳은 이미 과거의 분기점과 연결되어 있을 겁니다. 그리고 그 과거의 세계에서 당신이 원래의 세계로 다시 가고 싶다고 바라는 순간, 이곳으로 다시 돌아오게 됩니다. 시간에 관해서는 걱정하지 마세요. 과거에서 아무리 오래 있어도 원래 타고 계셨던 쇼부선 전철로 돌아왔을 때 시간은 전혀 흐르지 않은 상태일 테니까요."

"알겠습니다. 설명 감사합니다."

"그럼 다녀오세요."

부드러운 웃음을 지으며 역무원은 전철에서 내렸다.

"……."

나오코는 새삼 이제 와서 긴장했다.

영화의 주인공처럼 이런 체험을 하는 날이 오게 될 줄은 상상도 못 했기 때문이다.

─그래, 이럴 때는.

나오코는 가방에 매단 곰 인형을 살며시 만졌다. 그러자 단번에 마음이 차분해졌다. 정말로 이 곰 인형은 나오코에게 부적과도 같은 존재가 되어 있었다.

"그래, 좋아……."

그리고 나오코는 아무도 없는 차량 가장자리 좌석에 앉은 채 눈을 감고 열심히 빌었다.

— 대학 입시 합격 발표날로 돌아가고 싶어.

그리고 그날, 가장 가고 싶었던 대학에 합격했다면 어떻게 됐을지…….

전철이 움직이기 시작했다.

눈을 감은 채여도 알 수 있다.

그리고 주행하는 소리가 우우웅 하고 뭔가로 감싸이는 느낌으로 바뀌었다.

터널 안으로 들어간 것이 분명하다.

전철은 앞으로, 앞으로 나아간다.

쭉쭉 나아간다…….

— 덜커덩.

— 덜커덩.

눈을 꼭 감고 있어도 새카만 어둠 속에 눈부신 빛이 새어 들어오는 게 느껴졌다.

— 터널을 빠져나간다.

새하얀 빛이 차량 내부를 감싼다…….

정신을 차리고 보니 나는 인파 속에 휩싸여 있었다.

아니. 휩싸여 있는 건 내가 아니라 합격한 수험 번호 숫자가 나열된 합격 게시판이었다.

머리가 이 순간을 도저히 따라갈 수가 없었다.

그러나 내 옆에서 들린 목소리에 겨우 상황 파악이 되는 기분이 들었다.

"⋯⋯언니, 어떻게 됐어?"

옆에서는 걱정스러운 얼굴을 한 동생 유이가 있다. 내가 다니던 고등학교 것과 똑같은 교복을 입고 있었다. 나 역시 교복 차림이었다.

─그래, 지금이 그 대학 입시 합격 발표 날이구나.

정말로, 진짜로 과거로 되돌아간 모양이다.

믿을 수가 없었다. 하지만 믿을 수밖에 없었다. 이렇게 지금 실제로 체험하고 있으니까. 동경하던 대학 캠퍼스 부지를 딛고, 고등학교 교복을 입고, 옆에는 유이가 있다.

이날은 틀림없이 약 1년 3개월 전의 바로 그날이었다⋯⋯.

나는 이곳으로 동생과 함께 합격 결과 발표를 보러 왔다. 요즘 같은 시대에 드물게도 게시판으로 결과 발표를 했지만, 그마저도 이 학교가 전통 있는 대학임을 드러내는 것 같아 마음에 쏙 들었다. 원래는 여기에 혼자 올 생각이었지만, 엄마는 유이에게 언니랑 같이 가라고 권했다. 어쩌면 엄마는 내가 불합격할 가능성도 고려했을지도 모른다. 그렇게 혼자 집으로 돌아올 걸 걱정했던 게 분명했다. 그리고 그 예상은 적중했다. 이쪽 세계에서는 좀 다를지도 모르지만…….

그 역무원은 다른 선택지를 선택했더라면 이후 어떻게 됐을지를 알 수 있다고 말했다. 그러니 이 세계에서는 내가 이 대학에 합격했다면 어떤 인생이 펼쳐졌을지 알 수 있으리라. 그리고 설령 시험을 치는 순간으로 돌아갔다고 해도, 문제 대부분을 다 기억하고 있으니 합격은 떼놓은 당상이다. 그래서 지금 이 게시판에는 그날 존재하지 않았던 내 수험 번호가 적혀 있을 터…….

"지금 찾아볼게……."

동생한테 그렇게 말한 다음, 희비가 엇갈리는 사람들 사이를 헤치며 내 수험 번호를 찾아봤다.

0824……. 0824…….

이 숫자만큼은 지금도 수험표를 보지 않아도 기억

하고 있었다.

나에게 있어 매우 특별한 번호. 그리고 그렇게나 다시 보고 싶었는데, 이제 두 번 다시 보고 싶지 않은 번호이기도 했다.

"후우……."

심장 고동 소리가 들린다. 분명 과거를 다시 시작한 게 맞는데도 이 감각만큼은 평생 익숙해지지 않을 것만 같다. 주변에 수많은 사람이 있는데도 귀에는 아무 소리도 들리지 않게 되면서, 마치 이 자리에 나 혼자 남은 느낌마저 들었다.

0801……, 0806……, 0813……, 0819…….

"찾았다……."

―0824.

그 숫자를 발견했다.

그때였다.

"언니, 축하해……!"

옆에 있던 유이가 펄쩍 뛰며 나한테 안겨들었다.

유이는 울고 있었다. 나보다 먼저 눈물이 왈칵 난 모양이다.

"축하해! 다행이야. 정말 다행이야……!"

유이는 진심으로 기뻐하는 모습이었다. 그러나 나는 여전히 놀라지도, 울지도 않았다. 솔직히 놀라움이 더 컸기 때문이다. 정말로 내가 그토록 가고 싶었던 대학에 합격하는 미래를 볼 수 있다니…….

"축하할 겸 맛있는 거 먹고 가자! 초밥이든 불고기든 뭐든지! 합격 축하 기념으로 집에 오기 전에 맛있는 거 먹고 오라며 엄마가 용돈도 줬어. 근데 집에서 먹는 저녁도 축하 자리니까 너무 많이 먹지는 말래! 와아, 우리 뭐 먹으러 갈까, 언니?"

전혀 몰랐다. 엄마는 합격 발표 후에 곧바로 축하할 셈으로 동생을 발표장에 같이 가라고 했던 것이다. 현실 속 그날은 결과만 보고 그냥 집에 돌아올 수밖에 없었지만…….

"유이……."

내 안에서 감정이 부글부글 끓어올랐다. 마음이 이 상황을 따라가지 못하는 것일지도 모른다.

지금 이곳이 현실이 아니라는 걸 알면서도 그저 유이가 기뻐하는 모습을 보니 나까지 기쁨이 샘솟았다.

"고마워……."

그 말이 자연스럽게 입 밖으로 나왔다.

"농구 동아리입니다! 신입생 환영해요!"

"보드게임 동아리, 남녀 불문 대환영입니다!"

"테니스부입니다! 라켓 지참 안 해도 괜찮아요!"

드디어 새로운 대학 생활이 시작됐음을 가장 크게 실감했던 건, 동아리들이 신입생 환영 안내 전단을 돌리는 길을 지날 때였다. 이 길에서는 신입생이 지나가기만 하면 사방팔방에서 손이 뻗어와 전단을 쥐여준다. 실제로 내가 다녔던 대학에서도 이런 광경이 펼쳐졌을까? 나는 그 장소로 갈 생각조차 하지 않아서 알 수가 없었다. 그러나 지금은 새로운 캠퍼스 생활의 시작을 상징하는 광경에 가슴이 뛸 듯이 두근거렸다.

그리고 나는 수많은 동아리 중에서 영화 제작 동아리의 신입생 환영회에 가기로 했다.

"신입생 여러분, 오늘은 저희 영화 제작 동아리 '시네마즈' 신입생 환영회에 와주셔서 감사합니다! 편히 먹고 마시면서 서로 친해지는 시간 가져요! 아, 1학년 미성년자는 주스로 건배해야 하는 거 알죠? 그럼 잔을 들고…… 건배!"

동아리 부장의 건배사가 울리면서, 학생들은 서로

잔을 부딪쳤다. 이런 행동만으로도 내가 지금 굉장히 대학생다운 행동을 하고 있다는 생각이 들었다. 그 정도로 현실에서의 나는 모임에도 거의 나가지 않았기 때문이다. 게다가 이렇게 남녀 가리지 않고 나이대도 다양한 사람들이 뒤섞인 환경에서…….

"뭐 마시고 있어?"

이 분위기에 조금 겁을 먹고 있을 때, 누군가가 나한테 말을 걸었다.

옆자리에 앉아 있던 남학생이었다. 모노톤 색감의 옷과 센터 파트로 다듬은 머리 모양이 잘 어울리는 사람이다. 이 자리에 있다는 건 나와 같은 1학년 신입생이라는 뜻이다.

"……아. 나는 오렌지 주스."

"그렇구나. 난 레드 아이 마시는 중이야."

"뭐?"

아까 메뉴판에도 적혀 있어 알고 있었지만, 레드 아이는 맥주와 토마토주스를 섞은 칵테일이다. 즉, 술을 마시고 있다는 뜻인데…….

"……아직 미성년자인데 마셔도 돼?"

"괜찮아. 레드 아이에서 맥주는 뺐거든."

"뭐?"

또 아까와 같은 물음이 터져 나왔다. 그럼 그건 그냥……

"……토마토 주스잖아."

"그래, 정답이야."

그렇게 말하며 살짝 웃더니 그는 토마토 주스를 한 모금 마셨다.

"이런 식의 대화를 영화 속에서 미스터 빈이 했는데, 나도 한번 따라 해보고 싶었어."

역시 영화 제작 동아리 환영회에 온 사람이라 그런지 영화를 좋아하는 모양이다. 나는 미스터 빈에 대해서는 잘 모르지만, 자연스럽게 그와 영화 이야기를 시작했다.

"영화는 자주 봐?"

"그렇게 많이는 아니지만, 종종 보긴 해."

"그렇구나. 나는 많이 보는 편이야. 하도 많이 봐서 요즘은 지금까지 접하지 않았던 새로운 방향에도 손을 뻗는 중이지."

"……혹시 B급 영화라든가?"

"어? 너 그거 어떻게 알았어? 대단하다!"

"그냥 그렇지 않을까 싶었어. 나도 그런 정체를 알 수 없는 상어가 나오고 하는 영화 은근 좋아하거든."

"정말? 와, 이거 대단한 우연인걸? 깜짝 놀랐어!"

그는 그게 그렇게나 기뻤는지 남아 있던 토마토 주스 아니, 맥주를 뺀 레드 아이를 단번에 들이켰다.

"난 경제학부의 다카야라고 해. 잘 부탁한다."

그는 다시금 자기소개를 했다.

"나는 나오코라고 해. 잘 부탁해."

그가 성을 뺀 이름만 말했기에 나도 그렇게 답했다. 돌이켜보니 고등학생 때까지는 상대방을 성으로 부를 때가 많았지만, 대학에 들어오고 나서 이름으로만 부를 때가 더 많아진 것 같다. 그 이유는 지금도 잘 모르겠지만.

그러고 나서 우리는 영화 토론을 이어가며 영화 이외의 이야기도 많이 나눴다. 너희 둘만 분위기 좋은 거 아니냐며 놀리는 선배들의 목소리가 들리자. 또 그게 대학생 같다는 생각이 들었다. 그 후에는 다른 학부의 여학생들이나 남자 선배와도 대화를 나눴다.

그렇게 즐거운 시간은 순식간에 지나갔다.

─그날 그곳에서 만난 다카야와 함께 영화를 보러 가게 된 건 2주일 후의 일요일이었다.

마침 그날 상어가 나오는 B급 영화가 개봉하는 날이었다. 단관으로만 상영하는 작은 영화관. 그런 분위기도 그의 취향에 맞는 모양이다. 나는 이런 종류의 영화관에 오는 건 처음이었다.

"……내용에 태클 걸고 싶은 부분이 한두 곳이 아니었어."

영화를 다 보고 극장에서 나온 나는 입을 열자마자 그렇게 말했다.

"그야말로 B급 영화라는 느낌이어서 진짜 최고였어."

다카야는 내 반응과 전혀 다르게 B급이라는 점을 순수하게 즐기는 모습이었다. 그 말대로 B급 영화는 원래 그런 것일지도 모른다. 엉뚱한 전개에 황당해하는 과정도 영화를 즐기는 방법 중 하나이고, 누군가와 같이 감상하면 그 즐거움도 두 배가 되는 그런 작품 말이다.

"이제 어디 갈까?"

다카야가 어두워진 하늘을 올려다보며 말했다.

시각은 오후 6시, 조금 이른 저녁을 먹기에 딱 좋은 시간이었다.

"……돈코쓰 라멘 먹으러 안 갈래?"

"어? 나도 돈코쓰 라멘 엄청 좋아해! 나오코 너와는 취향이 딱 맞는 것 같아."

다카야는 그렇게 말하며 활짝 웃더니 근처의 돈코쓰 라멘 가게를 검색하기 시작했다. 가기로 한 곳은 하카타 돈코쓰 라멘 전문점이었다. 우리 둘 다 조금 딱딱한 느낌의 면발이 들어간 것으로 먹고, 그 후에 다카야는 면 사리를 추가 주문했다. 사실은 나도 더 먹고 싶었지만, 이 자리에서는 일부러 사양했다. 아마 동생과 같이 왔다면 면 사리는 최소 두 번은 더 추가했을 게 분명하다.

"라멘 먹고 나면 꼭 커피를 마시고 싶더라."

"맞아. 나도 그래. 우리 정말 잘 맞는 것 같아."

이번에는 나도 다카야의 제안을 받아들였다. 그리고 갓 면허를 딴 그의 차를 타고 마쿠하리 고속도로 휴게소의 카페에 가서 커피를 마셨다. 다카야는 조금 산미가 있는 모카 커피를 마시고, 나는 카페라테를 즐겼다.

"오늘은 정말 고마웠어. 나오코 너와 이렇게 시간을 보내니 참 즐거웠어."

다카야는 쓰다누마에 있는 우리 집 앞까지 나를 차로 바래다준 후, 떠나기 직전 그렇게 말했다.

"나도 즐거웠어……."

그러면서 다음 말을 이으려고 할 때, 다카야가 갑자기 가까이 얼굴을 가져다 댔다.

"앗, 잠깐!"

"······미안해. 많이 놀랐지?"

다카야는 작게 웃더니 잠시 가만히 있다가 "······그럼 나중에 보자"라며 그 자리를 떠나갔다.

너무나 갑작스러운 일이어서 나도 모르게 몸을 피하고 말았다.

사실 첫 키스도 아직이었다. 지금 하면 돈코쓰 라멘 아니면 커피 향이 나지 않을까? 그런 상상도 해봤지만, 이때는 대학생다운 행동은 다 해본다는 생각은커녕 그저 놀라기 바빴다. 이 자리에는 정신없이 변하는 세상을 좀처럼 따라잡지 못하는 나 자신만 있었다.

그리고 가슴 속 어느 한구석에서는 동생을 신경 쓰는 마음도 느껴졌다.

집으로 들어가자 현관까지 엄마가 나왔다. 딸이 이렇게 밤늦게 들어오는 일이 거의 없어서 걱정한 것 같았지만, 내 멍한 얼굴을 보고 화도 쏙 들어간 모양이다. 엄마는 이제부터 늦을 것 같으면 꼭 연락하라는 말만 했다.

"언니, 어서 와."

마침 잠옷 차림으로 욕실에서 나온 유이와 복도에서 마주쳤다. 손에는 단어장을 들고 있다. 욕실에 갈 때면 무슨 책이든 들고 가는 게 동생의 습관이었다.

"다녀왔어, 유이."

현실과 달리 유이와의 관계도 매우 좋았다. 그도 그럴 수밖에 이번에는 충돌할 만한 불씨를 전혀 찾아볼 수 없었기 때문이다.

"공부는 잘돼?"

"응, 오늘은 제법 집중이 잘되는 것 같아."

유이가 자신감 넘치는 목소리로 대답했다. 나와 달리 뭐든 요령이 있어서 분명 입시 준비도 자기 페이스에 맞춰서 여유롭게 해나가고 있는 듯했다. 유이에게는 실패라는 두 글자가 어울리지 않는다는 기분이 들었다.

"단어나 암기 과목만 자기 전에 해두고, 일어나서 바로 대충이라도 복습하면 좋아. 수면이라는 게 기억에도 큰 연관이 있고, 자는 중에 머릿속을 정리해 준다고 하니까."

"역시 언니는 대단해."

나도 모르게 거만한 태도로 조언을 하고 말았다. 성실하게 노력하는 동생을 위해 해준 말이 아님은 나도 잘 안다. 그저 조금이라도 우월감에 젖어 있고 싶었던 걸지도 모른다. 말해놓고서 오히려 겸연쩍은 기분만 들었다.

"오늘은 어디 갔었어?"

대화가 끊기자 유이는 마음이 쓰였는지 나한테 질문했다.

나는 그 물음에 뭐라고 대답할지 망설였다.

솔직히 대답하는 게 좋을까, 아니면…….

"……그냥 영화관."

"영화! 좋겠다."

유이가 부럽다는 듯 말했다.

그러나 나는 그 이후의 일에 대해 차마 말할 수 없었다.

죄책감과 양심의 가책 같은 것이 내 등 뒤에 바짝 달라붙어 있었다.

지금은 동생과 눈을 마주칠 수도 없었다.

돈코쓰 라멘 냄새가 나지 않았을까?

커피 향기는 나지 않았을까?

"……그럼 공부 열심히 해."

마지막으로 그 말만 남긴 채 나는 복도를 따라 걸음을 내디뎠다.

"알았어. 고마워, 언니."

동생의 유순한 목소리가 유난히 가슴 안쪽을 울리는 느낌이 들었다.

이제 이 세계에서 나는 무엇을 하더라도 적극적으로 행동하는 사람이 되어 있었다.

　공부도 긍정적인 태도로 임했고, 아르바이트도 대형 쇼핑센터인 마쿠하리 이온몰에 있는 멋들어진 하와이안 카페에서 시작했다. 제일 큰 변화는 머리 색일지도 모른다. 계속 검기만 했던 머리칼을 밤색으로 염색했다. 염색한 첫날은 나도 모르게 몇 번이나 거울을 들여다봤다. 엄마는 검은 머리가 나한테 더 잘 어울린다고 말했지만, 나는 이렇게 변신하고 싶었으니 이걸로 충분했다.

　그리고 같은 학부의 친구들과 구주쿠리 해변으로 여행도 떠났다. 바다의 석양을 배경으로 다 같이 타이밍 좋게 펄쩍 뛰어오르는 사진을 찍었다. 나는 지금까지 이런 사진을 찍은 적이 한 번도 없었다. 기껏 해봤자 예전부터 알던 친구와 같이 산책하다가 찍은 꽃이나 길고양이, 특이한 모양의 구름 사진밖에 없었다. 이렇게 다 함께 찍은 사진은 내 SNS 사상 최고의 '좋아요' 수를 기록했다. 그러니까 분명 이 사진이 더 훌륭하다. '좋아요'를 많이 받았으니까.

그리고 무엇보다 가장 큰 변화는 동생과의 관계가 잘 굴러가고 있다는 점이었다.

별다른 문제 없이 잘 지내고 있는 데다 심지어 오늘은 현실에서는 거의 사라지다시피 했던 우리 둘의 외출 날까지 찾아왔다.

그 정도로 우리 사이는 순조롭기 그지없었다.

"아. 이거 예쁘다."

우리 둘이 찾은 곳은 마쿠하리에 있는 아웃렛 매장이었다.

유이가 밝은 베이지색 원피스를 집어 들며 그렇게 말했다.

"응. 유이 너한테 잘 어울리는 것 같아."

"그래? 그럼 이거 살까……."

"그래. 사. 대학 가면 늘 사복만 입게 될 테니까 지금 바로 이거 입고 가자. 시험공부 하는 데 동기 부여도 될 테고 말이야."

"역시 언니야! 그래. 이걸로 할래!"

유이는 내 말을 듣고 바로 결심이 선 모양이다. 생긋 웃으며 계산대로 가는 모습이 아주 보기 좋았다.

"헤헤. 이거 사버렸다!"

그리고 아까보다 만족스러운 미소를 지으며 내 곁으

로 돌아왔다. 그런 얼굴을 보니 나도 절로 웃음이 나왔다.

쇼핑을 마친 후, 그대로 둘이 나란히 걸어 마쿠하리 해변 공원으로 갔다. 벌써 5월이라 벚꽃은 졌지만, 길가 몇 군데에 핀 하얀 산딸나무 꽃이 보였다. 우리 집이 있는 쓰다누마역 근처에도 산딸나무 꽃이 잔뜩 피어 있었다. 나는 벚꽃이 진 후에 피는 이 꽃이 참 좋았다. 주인공처럼 화려하게 피는 맛은 없어도, 길가를 조용히 수놓는 그 모습이 참 아름답다고 여겼다.

그러고 나서 이번에는 이 공원의 주인공이라 할 수 있는 꽃시계 앞으로 갔다. 커다란 시계 주변에는 사계절의 꽃이 다양하게 심겨 있는데, 지금은 메리골드 꽃이 선명한 색을 뽐내며 피어 있었다.

"언니, 우리 사진 찍자!"

"응."

"자, 치즈!"

둘이 나란히 서서 스마트폰 카메라로 사진을 찍었다. 이 사진은 SNS에 올리지 않을 거다. 올린다고 해도 전에 친구들과 함께 찍은 사진보다 '좋아요'를 많이 받지 않을 것 같아서 나는 이 사진을 소중히 저장해 두자고 마음먹었다.

이러고 있으니 머릿속에 여러 추억이 떠올랐다.

예전에 가족끼리 이 공원에 온 적이 있다. 지금과 비슷한 계절이었다. 나와 유이는 그때 겨우 초등학생이었다. 토끼풀을 뜯어 모아 그걸로 화환을 만들어 서로에게 씌우면서 깔깔거렸다.

중학생 때도 같이 마쿠하리에 있는 아웃렛 매장을 찾곤 했다. 그때 유이는 흰 원피스를 들고 "이거 예쁘다……"라고 했지만, 당시에는 주머니에 여유가 없어서 살 수가 없었다. 그래도 마냥 즐겁기만 했던 기억이 생생하다. 돌아가는 길에 둘이서 먹은 요구르트 아이스크림의 맛은 지금도 다시 떠올릴 수 있을 정도로 맛있었다.

참 사이좋은 자매였다.

그리고 우리 사이가 명확히 무너지기 시작한 건 내가 고등학교 2학년이 되고 동생이 같은 고등학교에 입학한 후부터였다. 그 시절부터 서서히 동생과의 차이가 드러나기 시작했던 것이다. 동급생인 남학생이 '네 동생 참 예쁘다'라고 칭찬하거나, 시험 성적도 반에서 상위권을 차지하는 동생을 두고 우리 자매를 다 아는 선생님은 그걸로 놀리는 일도 있었다. 내가 아슬아슬한 점수로 들어간 고등학교를 동생은 여유롭게 추천 입학

했으니 공부는 어쩔 수 없을지도 모른다. 그렇지만 그 때부터 조금씩 대화가 줄어든 것 같다.

그래도 그때 그 현상은 사춘기라는 이름으로 어찌어 찌 넘어갈 수 있긴 했다.

하지만 그마저도 그럴 수 없게 된 건 내가 수험생이 되고부터였다.

나는 담임 선생님이 아주 심각한 표정을 지을 정도 로 높은 점수를 요구하는 대학을 지망했다. 어떻게든 동생을 이겨보고 싶은 마음이 컸다. 반드시 동생보다 더 좋은 대학을 가고 싶었기 때문이다.

그래서 그때 나는 항상 예민하게 굴었다. 그 부정적 인 감정이 동생한테 전염됐을지도 모른다. 어찌 된 일 인지 동생도 성적이 떨어졌다. 유이가 감정에 쉽게 좌 우되는 성격이었나? 하지만 나에게는 다른 사람을 걱 정할 여유 따위는 없었다.

그런 시기에 엄마가 준 게 바로 그 직접 만든 펠트 곰 인형이었다. 나는 엄마가 그런 인형을 만드는 모습 을 한 번도 본 적이 없었다. 나를 놀라게 해줄 셈으로 몰래 만들고 있었나 보다. 그래서 그 인형에는 판매되 는 물건에서는 느낄 수 없는, 수제품만의 온기가 전해 지는 느낌이 들었다.

─하지만 안타깝게도 그 효과가 제대로 발휘되는 일은 없었다.

내가 대학 입시에 실패했기 때문이다.

그때부터 단차가 큰 계단에서 굴러떨어지는 것처럼 나와 동생의 관계도 무너지기 시작했다. 상처받은 내 숨통을 끊어놓기라도 하듯 동생은 내가 원했던 대학에 합격했고, 우리 사이는 완전히 최악으로 치달아서 지금 이 세계 속의 상황과는 전혀 다른 것이 되어 있었다.

하지만 이런 미래도 존재했던 것이다.

여러 가지를 깨닫게 됐다.

현실에서도 이런 관계로 있으면 좋겠다는 마음이 들었다.

원래부터 동생을 싫어했던 게 아니다.

그렇지만 지금은 동생만 보면 나 자신이 너무 싫어졌다.

몸 안쪽에서부터 새카만 감정이 스멀스멀 나오고, 입에 올리는 말에도 가시가 돋친 기분이었다.

그래서 피했다.

온갖 생각을 다 피하려고 내 시야 안에 동생이 들어오지 못하게 했다. 하지만 그건 결국 아무 해결책도 되지 못했다…….

"언니는 요즘 참 즐거워 보여."

동생의 목소리에 정신이 번쩍 들었다. 내 생각과는 별개로 표정만은 부드러웠을지 모른다. 그렇지만 그건 나한테 너무나 뜻밖의 말이어서 "그런가?" 하고 애매하게만 대답했다.

"응. 대학에 합격한 후로 정말 즐거워 보여. 입시 준비할 때는 많이 고생하는 듯 보였는데 역시 대학은 재미있는 곳인가 봐."

입시 준비할 때 많이 고생하는 듯 보였다는 건 그 예민했던 분위기를 가리키는 것이리라. 자신도 동생으로 내 곁에 있으면서 힘들었을 텐데 나를 배려해서 그런 말을 해주는 모양이었다.

유이는 웃으며 말을 이었다.

"사실 나도 언니랑 같은 대학에 가고 싶어. 얼마 전부터 국제 환경 문제에 관심이 생겨서 그걸 전문으로 하는 교수님이 언니네 대학에 있다는 걸 알게 됐거든. 알아보니 그 교수님 세미나에 들어가기도 어렵다고 하니 정말 할 수 있을지는 모르겠지만. 최선을 다해 도전해보고 싶어. 그런데 언니가 지금 대학을 목표로 했다는 말을 듣고 깜짝 놀랐지 뭐야."

"그랬구나……."

그런 속사정은 처음 들었다. 내가 그 대학의 입시 준비를 하기 전부터 동생도 같은 학교로 시험을 치겠다고 결심했던 것이다.

그렇다면 나 보란 듯이 일부러 같은 대학에 지원했다고 생각한 건 완전히 엉뚱한 착각이었다.

역시나 나 혼자 괜히 동생을 질투하고 있었던 걸까…….

죄책감은 더 부글부글 끓어올랐다.

아니. 마치 헬륨 가스를 넣은 풍선처럼 갑자기 가슴이 터질 것 같은 기분이 들었다.

―나는 동생한테 꼭 해야 할 말이 있다.

그건 현실 세계에서 지금까지 동생한테 보였던 나쁜 태도에 대해서가 아니다.

나는 겉으로는 평화로워 보이는 이 세계 속에서도 유이에게 상처를 줬기 때문이다.

"유이……."

"왜 그래, 언니?"

내가 갑자기 이름을 부르자 유이는 놀란 눈치였다.

하지만 곧이어 내가 한 행동을 보고 유이는 더욱 깜짝 놀란 표정을 지었다.

"……이거, 줄게."

"뭐?"

내가 가방에서 꺼낸 건 그 펠트 곰 인형이었다.

조금이라도 속죄하고 싶었다. 그래서 내가 가장 아끼는 것을 주고자 했다.

"그래도 이건……."

"괜찮아. 분명 네가 대학에 합격하게 해줄 거야."

내가 머뭇대는 유이의 손에 거의 억지로 인형을 쥐여주자, 이제야 유이도 상황을 이해한 듯했다.

"……알았어. 고마워."

그렇게 말하며 유이가 생긋 웃었다.

○

집으로 돌아와서 저녁을 먹고, 동생이 먼저 목욕을 한 후 나도 욕실로 들어갔다. 뜨거운 열기 때문에 현기증이 약간 느껴졌다. 평소보다 조금 더 오래 뜨끈한 물에 몸을 담궜다. 그건 온갖 생각이 머릿속에 자리하고 있기 때문이리라. 현실 속 동생과의 관계나 이 세계에서 나한테 일어나는 일, 그리고 다른 여러 가지 사건들이 머리를 뱅뱅 맴돌았다.

아직 내 마음속에서는 마호로시역으로 돌아가고 싶은 기미가 보이지 않는다. 그건 아마 이 가슴 속에 있는 답답함과 관련이 있을 것이다. 그리고 그 먹먹한 기분은 아무리 오래 뜨거운 물에 몸을 담그고 있어도, 샤워기 물을 세게 틀어도 사라질 만한 것이 아니었다.

목욕을 마친 후 실내복으로 갈아입고 나서 일단 주방으로 갔다. 목이라도 축이려고 냉장고에 있던 보리차를 컵에 따라 한 잔 마셨다. 거실에는 아직 엄마가 있었지만, 텔레비전을 켜놓은 채 잠든 것 같았다.

"엄마, 어서 씻으러 가."

"······아아, 그래, 알았어."

아직도 잠이 덜 깼는지 힘없는 대답이 되돌아왔다.

그런데 곧 뭔가 생각났다는 듯 나를 향해 물었다.

"그 곰 인형 말이야, 네가 유이한테 줬니?"

뜻밖의 질문이었다. 엄마가 그런 것까지 바로 알아차릴 줄은 몰랐다. 엄마의 감이라는 걸까.

"······응, 합격하라는 뜻으로 유이한테 줬어."

이제 끝부분에만 갈색빛이 남아 있는 머리칼 사이를 손가락으로 빗어내리며 대답했다.

"그랬구나. 그런 거면 괜찮겠지. ······그런데 그거 효과가 있으려나 몰라."

나는 엄마가 무슨 말을 하는지 전혀 이해가 가지 않았다. 그런 거면 괜찮겠다느니, 그게 효과가 있을지 모르겠다느니 도통 무슨 소리인지 알 수가 없었다.

"……그게 무슨 소리야? 그거 엄마가 만들어준 인형이니까 내가 달고 다니든 유이가 달고 다니든 효과는 똑같은 거잖아."

내 말에도 엄마는 "으음" 하고 심각한 얼굴을 보였다.

나는 그 표정의 의미도 종잡을 수가 없었다.

그리고 엄마는 잠시 뜸을 들이다 "하긴, 이제 시험도 끝났으니 얘기해도 되겠지……?"라며 작게 중얼거린 후 말을 이었다.

하지만 그 말은 내가 전혀 예상치 못한 것이었다.

"그 펠트 곰 인형 스트랩 만든 거, 내가 아니라 유이였어."

"뭐?"

그 펠트 곰 인형은 엄마가 내 대학 합격을 기원하면서 만들어준 것이 아니었다고?

엄마의 말이 무슨 뜻인지 모르겠다.

그렇다면 왜 그런 거짓말을 한 걸까.

그때 분명 엄마는 나한테 말했다. 엄마가 만들었다고.

유이가 만들었다는 말은 한마디도 하지 않았다.

"……엄마, 그 곰 인형 나한테 줄 때 그랬잖아. 엄마가 만든 거라고."

"엄마는 그런 거 못 만들어. 바느질 못하는 거 너도 잘 알잖아."

"그건 그렇지만……."

그러고 보니 엄마가 그 펠트 곰 인형을 만드는 모습을 직접 본 적은 없었다.

그럼 역시 엄마 말은 사실일지도…….

그런데 왜 그걸 그렇게 비밀에 부친 건지 이유를 알 수가 없었다.

"왜 유이는 그런 거짓말을……."

내 말에 엄마는 솔직히 대답해줬다.

"엄마가 만든 걸로 해달라고 부탁하더라."

"엄마가 만든 걸로 해달라니……."

"네가 시험이 얼마 남지 않았을 즈음, 동생이랑 싸울 때가 많았잖니. 그래서 유이가 자기가 만들었다고 하면 언니가 화낼지도 모른다면서……."

"……."

"유이가 언니를 위해 엄마가 만든 걸로 해달라, 내 마음은 여기에 다 담았다고 그러더구나. 그 애도 나처럼 손재주가 없어서 그 인형을 만들 때 제법 고생을 한 모양이야. 조금이라도 실밥이 풀린 부분이 있으면 운 나빠진다면서 몇 번이나 다시 만드는 바람에 그 시기에는 학교 성적까지 떨어졌나 보더라고."

"그럴 수가……."

전혀 몰랐다.

하지만 그 말을 듣고 모든 게 하나로 연결되는 느낌이 들었다.

정말로 그 펠트 곰 인형을 받은 게 바로 유이의 성적이 떨어졌을 시기였다. 그리고 나와의 사이가 틀어진 때이기도 했다. 성적 하락의 원인이 흔들린 감정 때문인 줄만 알았는데 전혀 그게 아니었나 보다.

유이도 내 얼굴은 보고 싶지 않을 거라고 여겼다.

결국 모두 나 혼자만의 착각이었다.

그렇지만 결국 내가 그렇게 만들었다.

내가 먼저 유이를 거부했으니까…….

"유이가 손재주가 없는 줄은 몰랐어……."

나는 그런 것조차 알지 못했다.

뭐든지 요령 있게 잘하는 동생인 줄 알았는데.

"서툰 점이 많으니까 1학년 때부터 목표로 하는 대학에 들어가려고 매일 꾸준히 시험공부를 한 거잖아.

오늘도 집에 돌아오자마자 바로 공부하고 있고, 목욕 마치고 나서도 자기 전까지 공부한다고 했어."

"몰랐어……."

나는 정말 무엇 하나 아는 게 없었다.

유이가 태어날 때부터 늘 곁에 있었는데 아무것도 몰랐다.

알려고 하지도 않았다.

"유이……."

엄마의 이야기를 들은 후, 내 발걸음은 자연스럽게 동생의 방으로 향했다.

유이에게 꼭 해야 할 말이 있었기 때문이다.

방 앞까지 간 후 문을 반쯤 열자, 책상 앞에 앉아 있는 동생의 모습이 보였다.

책상 위에 놓인 열심히 읽어 손때 묻은 교과서, 포스트잇이 잔뜩 붙은 참고서, 글자로 꽉 채워진 노트, 벌써 작은 조각이 된 지우개…….

엄마 말대로 사실은 동생이 훨씬 더 열심히 노력하고 있었다.

그저 나보다 더 착실하게 공부했던 것뿐이다.

나는 고등학교 3학년이 되어서 그저 남들만큼만 열심히 했지, 지금 내 동생의 노력에 비할 바는 못 됐다.

나는 바보였다. 참으로 아무것도 몰랐다.

공부에 대해서도. 합격 부적이라며 인형을 만들어준 것도. 한 명밖에 없는 동생에 대해서도…….

"미안해……. 유이……."

"언니?"

갑자기 사과하는 나에게 유이는 이게 무슨 상황인지 몰라 놀란 듯했다.

그래도 나는 이 세계에서 저지른 잘못을 사과해야 한다.

내가 동생에게 보란 듯이 취했던 못된 행동을…….

"……미안해. 나 대학에서 영화 제작 동아리에 들어 갔어."

"……그게 왜? 잘 생각한 것 같아. 나도 들어가고 싶으니까."

동생 방의 책장에 영화 DVD가 잔뜩 꽂혀 있었다.

"……그리고 사실은 B급 영화를 좋아하지 않아."

"그건 나도 알아. B급 영화를 좋아하는 건 나니까. 언니가 좋아하는 건 『시간을 달리는 소녀』잖아? 나는 『썸머 워즈』도 좋지만."

유이 방 책장에 진열된 DVD는 거의 상어나 나오는 B급 영화들이었다.

"……그리고 돈코쓰 라멘보다 미소 라멘이 더 좋아."

"응, 그것도 알아. 좀 딱딱한 면이 들어간 돈코쓰 라멘을 좋아하는 건 나니까. 언니, 아까부터 갑자기 왜 사과를 하고 그래?"

그 의문대로 이렇게 지금 말해봤자 유이 입장에서 보자면 영문을 알 수 없을 것이다.

알 턱이 없다.

그래도 그게 내가 이 세계에서 했던 행동들이었다.

—내가 이쪽 세계에서 지내며 한 것들은 모두 원래 같으면 동생이 했을 대학 생활이었다.

나는 영화 제작 동아리에 들어갈 정도로 영화에 대해 잘 아는 것도 아니었다.

B급 영화보다도 더 순수하게 즐길 수 있는 엔터테인먼트 영화를 더 좋아했다.

돈코쓰 라멘보다 미소 라멘을 더 좋아했다.

하와이안 카페에서 일하기 시작했으면서 산미가 강한 하와이안 커피보다는 우유를 넣은 카페라테가 더 좋았다.

그리고 그 동아리에서 친해진 다카야는…….

─지금 유이의 남자친구였다.

놀라운 우연들이 겹치고 마치 성격이 딱 맞는 것처럼 보이게 한 것도 전부 일부러 한 짓이었다.

당연하다. 나는 현실 세계에서 자연스럽게 다카야에 대한 이야기를 듣고, 그가 가진 취미나 좋아하는 것을 어느 정도 파악하고 있었으니까.

그래서 죄책감을 느꼈다.

양심의 가책이 남아 있었다.

그래서 그날 영화를 보러 갔던 날 이후, 그와는 만나지 않았다.

그런 게 속죄가 될 수는 없겠지만, 그 이상으로 선을 넘으면 안 될 것만 같았다.

나도 모르겠다.

동생처럼 행동하고 대학 생활을 하면서까지 무엇을 하고 싶은 것인지.

─이게 바로 잘난 척이잖아.

나야말로 잘난 척하면서 동생의 흉내를 내며 대학 생활을 했다.

하지만 결국 깨닫게 된 건, 동생은 늘 순수하고 올곧게 나를 생각해주고 있다는 사실이었다.

그것만으로도 나는 눈물을 참을 수 없을 만큼 부끄

러움을 느꼈다.

나는 이 세계에서도, 현실 세계에서도 동생에게 상처를 주고 말았다……

"미안해. 유이. 미안해. 이런 내가 언니라서……"

"아니. 갑자기 왜 그래. 언니……?"

눈물까지 흘리기 시작한 나를 보고 유이는 당황한 기색이었다.

"난 전혀 몰랐어…… 유이…….

"……뭐를? 언니."

"미안해. 미안해……."

"그래. 괜찮아. 이제 괜찮으니까……."

유이는 아무것도 몰랐을 텐데 갑자기 울음을 터트린 한심한 언니를 꼭 안아줬다.

아주 오랜만에 유이의 몸과 맞닿았다는 생각이 들었다.

작은 손바닥이 내 등을 살며시 감쌌다.

유이의 온기가 서서히 전해져 온다.

분명 그건 따뜻하고 부드러운 것일 텐데, 지금은 아주 약간의 아픔마저 느껴졌다.

○

"저는 아무것도 몰랐어요……."

다시 마호로시역으로 돌아간 후, 나오코는 그렇게
말했다.

눈앞에 있는 사람은 아까 그 역무원.

어스름 속에서도 나오코의 뺨에 남은 눈물 흔적이
보였다.

"정말 바보였어요……."

새어 나오듯 말을 이은 후에, 나오코는 가방에 달린
것을 매만졌다.

펠트로 만든 곰 인형.

계속 여기에 달고 다녔던 부적.

동생이 만들어준 소중한 선물…….

"동생 흉내나 내다니 전 한심한 언니예요……."

그때까지 계속 조용히 이야기를 듣고만 있던 역무원
이 대꾸했다.

"……바보니, 한심하다느니 전혀 그렇지 않아요. 언
니라고 해도 한 살 차이잖아요. 그리고 자매나 형제는
그런 식으로 서로 경쟁하고 절차탁마하며 함께 성장하
는 사이 아닌가요?"

나오코는 역무원의 말에 절실한 마음으로 귀기울였다.

정말로 그 말이 맞다.

그렇지만 지금은 그 말을 그대로 받아들일 수가 없었다.

"전 유이한테 나쁜 짓을 하고 말았어요……."

나오코는 당장이라도 기어들어 갈 것 같은 목소리로 이어서 말했다.

"과거의 분기점 속 세계만이 아니라 현실 세계에서도 그 애한테 상처를 줬어요……. 전에는 그렇게나 서로 사이가 좋았는데, 제가 질투에 눈이 멀어 날카롭게만 굴어서 유이를 몇 번이나 슬프게 했으니까요……. 사실은 대학 시험이 아니라 동생과 안 좋았던 그때로 돌아가 다시 시작해야 했는데……. 그런데도 저는 또 제 생각만 했어요. 유이는 이런 저를 늘 염려해줬는데……."

그렇게 말한 나오코는 어스름 속 플랫폼을 바라봤다.

후회 섞인 표정은 지워질 기미가 없었다.

어떻게 하든 과거는 바꿀 수 없을 테니까…….

"아직 늦지 않았어요."

다만 역무원은 나오코를 똑바로 바라보며 그렇게

말했다.

"네?"

나오코는 그 말뜻을 이해할 수 없었다.

아직 늦지 않았다는 생각은 들지 않았다.

아니면 다시 한번 과거로 돌아가 이번에는 현실마저
도 바꿀 만한 뭔가가 있다는 걸까…….

하지만 그건 아니었다.

역무원은 부드러운 목소리로 나오코에게 말했다.

"대학 입시 실패도, 동생과의 사이에 일어난 과거도
이제 바꿀 수는 없겠지만, 그래도 동생과의 관계는 지
금부터라도 서서히 바꿔나갈 수 있으니까요."

"관계를 바꿀 수 있다고요……?"

나오코는 그 말을 마음속에서 되뇌었다.

"지금부터라도……."

그리고 나오코는 바로 그 말이 가슴 깊은 곳에 툭
떨어지는 느낌이 들었다.

사실 동생과 자신의 관계는 한 번 망가지고 말았다.

그렇지만 다시 과거로 돌아가서 관계가 뒤틀리지 않
게 바꿀 수는 없다. 왜냐하면 실제로 과거를 되돌릴 수
는 없으니까.

그러나 이 관계만큼은 지금부터라도 다시 시작할 가

능성이 있기 때문이다.

나오코는 반드시 다시 시작해야만 했다.

"유이와……."

―나오코 자신도 마음속으로는 그렇게 바라고 있을 터였다.

그 타이밍에서 마호로시역으로 돌아온 건 나오코도 다시금 유이를 제대로 마주하고 대화하고 싶었음이 분명했다.

"……감사합니다, 역무원님."

나오코의 감사 인사를 들은 역무원은 환하게 웃으며 대답했다.

"이제야 조금은 제대로 된 말을 할 줄 알게 된 것 같네요."

나오코도 그 말을 듣고 오랜만에 다시 기억이 돌아왔다는 듯 작게 웃었다.

○

마호로시역에서 원래 있던 소부선 차량으로 돌아오자, 전철은 곧 쓰다누마역에 도착했다. 역 앞 로터리에는 차 한 대가 멈춰서 있었다. 운전석 창문으로 얼굴을 내민 사람은 동생 유이였다. 엄마가 나오코를 데리고 오라고 시킨 모양이다. 이제 갓 면허를 딴 유이의 차에는 반짝거리는 초보자 표시 마크가 붙어 있다.

"……이거, 줄게."

나오코가 내민 것은 바로 앞 롯데리아에서 산 딸기 우유 맛 셰이크였다.

나오코는 유이가 이 음료를 즐겨 마시는 걸 알고 있었다.

"고마워. 받아도 돼?"

"응, 데리러 와줬잖아."

유이한테 먼저 '고맙다'는 인사를 듣고 말았다. 나오코는 그 말만큼은 자기가 먼저 해야 한다는 생각이었다. 그렇지만 그 마음과는 달리 나오코의 입에서 처음으로 나온 것은 '미안하다'라는 사과였다.

"어? 갑자기 왜 그래, 언니?"

유이는 과거의 분기점 속 세계에서와 똑같은 반응을 보였다.

하긴 이렇게 갑자기 사과하면 무슨 일인가 놀랄 수밖에 없다.

나오코는 사과하고 싶은 게 참 많았다.

"내가 입시 준비하면서 너한테 못되게 굴었던 일이

나…… 네 합격을 자꾸 마음에 두느라 너랑 얘기도 잘
못 한 거……."

"……아아, 그거? 괜찮아. 사실…… 나도 무신경하게
군 점이 없지는 않았으니까."

그건 나오코가 떨어진 대학에 유이만 합격한 일을
가리키는 것이리라.

그렇지만 지금의 나오코는 유이가 그런 말을 한 이
유가 뭔지 안다. 그리고 이제는 자기보다 유이가 더 먼
저 그 대학에 가려고 결심했던 사실도 알고 있다.

여러 가지 일로 유이를 괴롭혔던 것 같다.

머릿속에 미안하다는 단어가 수없이 어른거렸다.

그러나 지금은 그 속에 파묻힐 지경인 단 한마디를
꼭 해야 한다.

"……고마워, 유이."

"언니……."

그런 말만 갑자기 툭 던지면 바로 이해하지 못할 것
같아서 나오코는 두 마디를 더 덧붙였다.

"……곰, 고마워."

"……엄마한테서 들었어?"

나오코가 작게 고개를 끄덕였다. 이 세계에서 직접
그 진실을 듣지는 못했지만, 그런 건 나중에 어떻게든

되겠거니 하는 생각이 들었다.

지금은 그저 이 말을 전하고 싶었다.

그 펠트 곰 인형 덕분에 나오코는 몇 번이나 구원을 받았으니까.

"계속 내가 가지고 있어도 돼?"

가방에 단 곰 인형을 만지며 나오코가 물었다.

"응? 당연하지. 언니한테 준 거니까."

"고마워. 소중히 잘 간직할게."

다시 한번 더 말했다. 고맙다는 말은 몇 번이나 해도 좋을 것 같다.

이 말을 입에 올릴 때마다 자신의 마음속도 어쩐지 훈훈해지는 느낌이 들었다. 가슴속 깊은 곳에 자리했던 답답함이 환하게 걷히는 듯이.

그때 유이가 후후 웃으며 말했다.

"연애도 잘되게 해주는 효과가 있었다면 돌려달라고 했을지도 몰라."

"어? 왜? 너 남자친구도 있잖아……."

유이에게는 다카야가 있을 텐데.

나오코가 과거의 세계에서 같이 영화를 보러 갔던 영화 제작 동아리의 그 남학생 말이다.

"걔가 바람피운 걸 알게 됐거든. 바로 찼지 뭐."

"아, 그랬구나."

그 순간 유이가 액셀을 세게 밟아서 깜짝 놀랐지만, 아마도 우연일 것이다. 어쩌면 유이 같은 성격이 화나면 좀 무서울지도 모른다.

"……하긴 어쩐지 좀 날라리 같은 분위기가 있긴 하더라."

나오코는 그 과거 속 세계에서의 일을 떠올리며 그렇게 말했다. 그 한 번의 데이트에서 키스까지 하려는 걸 보면 다소 경박한 면이 있을지도…….

"첫인상이 성실해 보여서 깜빡 속았단 말이야. 아아, 속에서 천불이 다 나네!"

유이는 신호 대기로 차를 멈춘 후, 컵을 쥐고 빨대로 힘차게 셰이크를 빨아들였다. 이제 불쾌함도 다 떨쳐낸 것처럼 보였다.

그리고 생긋 웃으며 말했다.

"……근데 지금은 어쩐지 이렇게 언니랑 얘기 많이 할 수 있어서 좋다. 참 오랜만인 것 같아."

신호가 녹색으로 바뀌면서, 차가 다시 달리기 시작한다.

유이는 달리는 방향을 바라보고 있다.

나오코는 유이를 바라본다.

유이는 알아차리지 못했다.

─ 유이의 옆얼굴을 이렇게 가만히 들여다본 게 얼마만일까.

지금은 대학교 1학년이 된 동생이 옆에 있다.

고등학교를 졸업해서 대학생이 되고, 운전면허를 따서 운전까지 하는 유이.

앞으로도 더더욱 어른이 되어 갈 것이다.

나오코도 1년 앞서 어른이 된다.

다만 지금은 예전처럼 같이 웃고 많은 시간을 보내고 싶었다.

그 시절의 좋았던 사이로 되돌아가고 싶다고 진심으로 바라니까……

"나도 좋아. 이런저런 할 얘기가 아주 많거든. 그래서 좀 들르고 싶은 곳이 있는데……."

나오코는 유이를 향해 말했다.

"들르고 싶은 곳?"

차가 다시 한번 빨간불에서 멈춘다.

나오코는 다음 말을 이었다.

"……엄마한테 저녁밥은 됐다고 하고, 우리 둘이 딱딱한 면발이 들어간 돈코쓰 라멘이나 먹으러 가자."

나오코는 계속 말했다.

"그리고 멋들어진 카페에 가서 하와이안 커피를 마시고, 츠타야에 가서 상어가 나오는 B급 영화를 빌려 아침까지 같이 보자."

유이는 생긋 웃더니, 다음번 갈림길에서 집과는 반대 방향으로 차를 몰았다.

제 III 화

만약 그때
꿈을 좇지 않았더라면

"……나는 꿈을 좇지 말았어야 했다고 후회하고 있어."

마야마 야마토는 마호로시역에서 과거의 분기점으로 돌아갈 수 있다는 역무원의 설명을 듣고 그렇게 대답했다.

마야마의 말에 망설임은 없었다.

요즘 계속 그 생각만 했으니까.

"치바역 고가다리 아래에서 노래하던 그 시절로 돌아가고 싶어. 난 그걸로 충분했는데. 그리고 그냥 고향에서 지냈어야 했어. 그러는 편이 지금 인생보다 분명 더 행복했을 테니까."

마야마의 단언하는 어조에 역무원은 저도 모르게 대

꾸했다.

"지금 인생보다 더 행복했을 거라 생각하신다고
요……?"

젊은 여자 역무원의 말이 살짝 떨렸다. 그 긴장이 마
야마한테도 전해졌나 보다.

그래도 불안하지는 않았다. 역무원의 설명은 아주
정중하고 성의가 가득 담긴 것처럼 느껴졌으니 말이다.

"……그래, 맞아."

마야마는 토해내듯 답한 후, 말을 이었다.

"……지금 나는 행복과는 거리가 멀거든."

그렇게 말하며 마야마는 어스름한 하늘을 올려다
봤다.

그곳에는 둥그런 달이 덩그러니 떠 있을 뿐이었다.

○

마야마 야마토는 뮤지션이다. 섬세하고 부드러운 음
성과 시적이면서 허무함마저 느껴지는 가사에 많은 젊
은이가 공감해서 일약 인기 가수가 됐다. 지금은 광고
음악이나 영화 테마곡까지 작업하여 그 명성을 세간에
널리 알리는 중이다. SNS에서는 마야마 야마토의 이름이 안 보이는 날이 없다고 해도 과언이 아닐 정도였다.

　그러나 최근 마야마는 지치고 말았다.

　SNS에서 마야마가 어느 이용자에게 감정적인 반론을 한 것으로 인해 인터넷에서는 난리가 났고, 현재 활동 임시 중지 상황에까지 내몰리게 됐기 때문이다.

　활동 임시 중지는 바쁘기 이를 데 없었던 마야마에게는 오랜만에 몸을 쉬게 할 기회도 됐다. 하지만 그 기간이 마야마에게 재충전의 시간만이 된 것은 결코 아니었다. 그저 괴롭기만 한 시간이기도 했다.

　SNS에서는 여전히 마야마에 관한 논란이 계속 되고 있었고, 마녀사냥이라도 하듯 과거에 했던 발언들까지 떠들썩하게 퍼졌다. 사실 마야마가 감정적인 반론을 한 건 애초에 말도 안 되는 중상비방을 들었던 까닭이다. 말을 좀 가려서 해야 했다는 점은 마야마도 안다. 다만 그걸 해명할 여지도 없었고, 그렇게 해봤자 불에 기름을 붓는 격의 결과가 될 것은 자명했다. 그래서 지금은 세간의 눈에 띄지 않게 숨어 그저 자신과 마주하는 시간만 늘게 됐다.

　그러던 와중, 마야마는 지금 왜 자신이 이렇게 괴로워하면서까지 가수 활동을 해야 하는지에 생각이 이르게 됐다.

세간의 차가운 눈총을 받고, 자신의 노래는 한 번도 제대로 들어본 적 없는 사람들의 중상비방에 시달리는 나날. 물론 그런 와중에도 자신을 꾸준히 지지하는 팬들 역시 있다는 건 안다. 열광적인 팬들은 비난을 쏟아내는 사람들에게 맞대응해주기까지 했다. 수없이 많은 비난 속에서도 응원의 말이 섞여 있는 건 분명하다. 아니, 사실 응원과 격려가 더 많았을지도 모른다.

그래도 마야마의 눈에 들어오는 건 비난뿐이었다. 응원은 따듯하고 부드러웠지만, 비난은 차갑고 날카로워 당연하게도 몸 안으로 들어오는 건 비난의 말뿐이었다. 칼날처럼 몸 깊은 곳까지 푹 찌르고 들어왔으니 말이다.

그리고 어째서인지 별로 많지도 않은 비난이 더 진실을 말하는 것처럼 느껴졌다. 오히려 순수한 악의가 진실로 보였던 것이다.

눈앞의 세계를 흐리고 탁하게 해서 마야마를 숨도 못 쉬게 한 건 바로 그러한 말들이 원인이 됐다.

시간이 지나면서 소동도 일부에서만 떠들썩하게 일어났지 세간은 점차 진정세를 보이는 듯했지만, 비난이 단 하나라도 남아 있는 한 마야마는 음악 활동을 재개할 마음이 들지 않았다.

그리고 반년이 지나. 순식간에 1년이라는 세월이 흘렀다.

이쯤 되니 창작 의욕은커녕 이제 만사가 다 싫어졌다.

현재 29세.

결혼도 안 했고, 지금은 연인도 없다. 고등학교 시절부터 사귀었던 여자친구 리코도 데뷔 전에 헤어졌다. 벌써 7년 전의 일이다.

예전부터 알고 지내던 고향 친구들은 이제 거의 결혼한 상태다.

아이까지 있는 동급생도 있다.

다들 행복해 보였다.

그에 비해 자신은 불행 속에 있는 것처럼 느껴졌다.

지금은 혼자 아무것도 만들어내지 않고, 아무 일도 하지 않고, 집에서 매일을 버티고 있을 뿐이다.

가수로 성공하기 시작했을 때만 행복했던 것 같다.

그때가 바로 꿈이 이루어진 순간이었을지도 모른다.

―하지만 꿈 같은 건 차라리 이루지 않은 게 나았을 것 같아.

꿈을 하나 이루면 또 다른 꿈이 생긴다. 한도 끝도 없다. 이제 꿈이라고 부르기보다 그저 욕심이다.

그리고 욕심을 채우기 위해서는 이 세계에서 영원

히 괴로워하며 창작을 해나가야 하고, 남들과 끊임없이 싸워야 한다. 위로 가면 갈수록 싸움은 격렬해지고, 라이벌에 대한 질투심도 사라지지 않는다. 마음이 편히 쉴 틈이 없었다. 왜냐하면 이 세계는 변화가 너무나도 무섭게 빠른 특수 사회이기 때문이다. SNS가 유행하면서부터 그 속도는 더 가속화된 듯하다.

그래서 마야마는 자꾸만 이런 생각이 들었다.

─만약 그때 내가 꿈을 좇지 않았다면 지금은 어떻게 됐을까?

좀 더 평범하고 안정된 인생이야말로 행복한 게 아닐까.

고향인 이치하라에서 도내로 돌아가는 전철 속에서 계속 그런 상념에 잠겼다.

전철은 에도가와강을 건너 도쿄로 진입한 다음, 아라카와강으로 향하려던 순간이었다.

그때 마야마를 태운 전철은 어느새 마호로시역에 도착해 있었다.

그리고 6월의 역무원이라고 하는 여성이 눈앞에 나타났다.

○

"……그럼 마야마 씨가 돌아가고 싶은 순간은 치바 역 고가다리 밑에서 길거리 라이브를 하던 시절이라는 말씀이시죠?"

역무원의 물음에 다시 전철 안 좌석에 앉은 마야마는 고개를 끄덕였다.

"그래, 그때가 내 인생의 분기점이었지. 거기서 다시 하고 싶은 게 있어. 그렇게 하면 꿈을 좇는 일도 없을 테니까."

이미 마야마는 과거의 분기점 속 세계로 돌아가더라도 현실의 그 무엇도 바꿀 수 없다는 이야기를 들었다.

그래도 과거로 돌아가고 싶었다. 자신에게 어떤 또 다른 미래가 있었을지 궁금했다.

꿈을 좇지 않았더라면 정말로 180도 달라진 인생을 살았을 것이다. 그렇기에 더욱 관심이 생겼다. 그리고 지금 마야마는 자신을 둘러싼 환경에서 벗어나고 싶었을지도 모른다. 차라리 이 세계에서 사라지고 싶은 심정이었다. 설령 그게 공상처럼 만들어진 과거의 세계라고 하더라도 그 안에서 지내고 싶었다. 한때의 꿈처럼 눈앞의 현실을 잊게 해준다면…….

"알겠습니다. 그럼 제가 전철에서 내린 후 전철이 출발하면 그 시절로 되돌아가고 싶다고 강하게 염원하세요. 그렇게 하면 기차가 터널을 빠져나갔을 때 돌아가고 싶은 과거에 도착해 있을 테니까요. 다른 질문은 없으세요?"

"……질문은 없지만 아직도 이 상황이 믿어지지 않아."

마야마는 그렇게 작게 웃은 다음, 말을 계속했다.

"지금도 꿈을 꾸는 것 같은데 이제부터 과거로 돌아갈 수 있다니."

"……그러네요. 저도 마찬가지예요. 저도 마호로시역 같은 신기한 장소가 존재하는 것 자체를 몰랐으니까요."

"역무원 당신도 마찬가지라고?"

"네. 사실 저는 마야마 씨 같은 분이 이곳을 찾았다는 게 제일 믿기지 않지만요……."

그 말도 마야마한테는 의외였다.

역무원은 마야마를 잘 알고 있었던 것이다.

"설마 이런 신기한 역에서 일하는 역무원까지 내 이름을 알 줄이야. 이거 영광이네. 악명은 무명을 이긴다, 뭐 그런 건가?"

"악명이라니요……."

마야마는 그저 자조할 셈으로 던진 농담이었지만, 오히려 역무원을 당황하게 한 모양이다. 스스로가 봐도 반응하기 거북한 말을 입에 올렸다며 내심 반성했다.

"……미안하군. 지금 말은 잊어. 요즘 내가 좀 제정신이 아니야. 자꾸 이상한 생각만 하게 되거든."

마야마가 그렇게 말하자, 역무원은 고개를 작게 가로저은 후 말했다.

"과거의 세계에서 보내는 시간이 마야마 씨께 아주 좋은 기분 전환이 된다면 좋겠습니다. 분명 뭔가 달라질 테니까요."

"뭔가가 달라진다고? 과거의 일은 못 바꾼다고 하지 않았어?"

"과거가 아니어도 분명 뭔가가 달라질 수도 있죠."

역무원은 마야마를 똑바로 바라봤다.

그 눈동자에는 어떤 확신 같은 굳은 의지가 담겨 있다.

"……그래, 알았어. 우선 당신 말대로 하지."

마야마의 그 말을 신호로, 역무원은 전철에서 내렸다.

"……그럼 마야마 씨, 좋은 여행 되세요."

전철 문이 닫혔다.

차량에 혼자 남겨진 마야마는 강하게 염원했다.

—치바역 고가다리 아래에서 노래했던 그 시절로 돌아가고 싶어.

그러자 전철이 움직이기 시작했다.

—덜커덩.

—덜커덩.

전철은 터널을 빠져나와 새하얀 세계를 향해 나아갔다.

"언제까지나 이렇게……."

정신을 차리고 보니 나는 기타 하나만 들고 노래하는 중이었다.

그리고 곧 이 장소가 어디인지 알아차렸다.

치바역 고가다리 아래다.

머릿속에서 계속 돌아가길 바랐던 그 장소.

나는 다시 그 당시 광경 속에 있었다.

눈앞에는 본격적으로 데뷔하고 나서도 나를 꾸준히

응원해준 열광적인 여성 팬들도 있다. 그들은 이때부터 계속 나를 응원해줬다. 그 모습을 보고 깜짝 놀라는 동시에 저도 모르게 그리움이 몰려왔다.

─그 역무원의 말은 사실이었어.

정말로 과거의 세계로 되돌아왔다. 솔직히 반신반의했지만, 실제로 이렇게 돌아왔으니 이제 믿을 수밖에 없는 상황이다. 왜냐하면 이런 식으로 스트리트 뮤지션으로서 노래했던 건 데뷔 전뿐이었기 때문이다. 나는 진짜 과거의 세계로 돌아온 게 확실했다.

"그런 식으로……"

노래를 이어가면서 주변에 눈길을 줬다. 내 주변을 둘러싼 몇 안 되는 군중. 그 수가 참으로 적었다. 가장 맨 앞줄에 평소 나를 찾는 여자 팬들이 있고, 그 뒤로 조금씩 사람들이 모이고 있다.

현실 같으면 콘서트장은 늘 만원이지만, 그에 비해 눈앞의 관객들은 100분의 1 아니, 1000분의 1도 못 미치는 숫자여도 지금은 어쩐지 오랜만에 노래하면서 기분이 좋았다. 사실 노래 부르는 것조차도 오래간만의 일이었다.

─아아. 나는 그저 노래하는 게 좋았던 거구나.

그런데 어느새 노래를 일이니까 해야 하는 것, 꿈을

이루기 위한 수단으로만 여겼다.

그리고 그 꿈은 이루어졌다.

이루어지고 말았다.

그 시절만 해도 나는 그 꿈이 이루어진 이후에는 소중한 행복만이 기다리고 있을 거라고 제멋대로 착각했다.

"감사합니다……!"

노래를 마치자 그 말이 자연히 입에서 흘러나왔다.

그 순간에 박수 소리가 우르르 쏟아졌다.

"진짜 최고야."

"어떡해, 너무 멋져!"

박수 소리 사이로 맨 앞줄에 진을 치고 있던 여자애들의 칭찬이 섞인다. 여기서 내 곡을 비난하는 사람은 한 명도 없다. 팬이 많지는 않아도 마냥 좋기만 했다. 그 정도의 거리감과 관객 수가 나한테 제일 편했던 걸지도 모른다.

하지만 오늘은 그 운명이 바뀌는 분기점이 생기는 날이기도 했다.

"저기, 자네 나 좀 볼까?"

사람들을 헤치며 다가온 이는 선글라스를 낀, 딱 봐도 연예계 종사자처럼 보이는 풍채의 남자였다.

그리고 나는 그 후에 무슨 일이 일어날지 알고 있다.

"혹시 본격적으로 데뷔하는 건 어때? 자네라면 제법 잘나갈 것 같은데. 물론 내 프로듀스에 달려 있긴 하지만……."

남자는 그 바닥에서는 누구나 알 정도로 유명한 회사명이 적힌 명함을 건넸다. 당시 나는 그 명함을 받은 순간 어린아이처럼 눈을 빛냈었다. 무슨 백금으로 된 티켓이라도 받은 기분이었으니 말이다.

그리고 실제로 이 순간이 내가 정식 데뷔를 하고 가수로 크게 성공하게 된 계기이기도 했다.

"제가 잘나갈 것 같나요……?"

"그래. 내 안목이 틀리지 않는다면 말이지."

남자는 작게 웃었다. 겸손이라기보다 자신감에 넘치는 웃음이었다. 그 자신감이 명함 자체에서도 뿜어져 나오는 느낌이 들었다.

―이럴 때 나는 한번 해보고 싶은 일이 있었다.

"그 눈, 아마 장식품일 거예요."

"뭐라고……?"

그렇게 말하며 나는 눈앞에서 그 명함을 박박 찢었다.

"어, 어떻게 그런 멍청한 짓을……."

"네, 전 멍청이예요. 저는 여기서 노래하는 것 정도가 딱 좋으니까."

"……자네, 평생 후회할 거야! 기껏 기회를 줬건만."

"기회고 뭐고 그런 걸 운운하기 전에 당신은 밤에 선글라스 끼고 다니는 것부터 그만두는 게 좋겠네요. 멋있다고 생각해서 그러는지는 모르겠지만 주변이 잘 안 보여서 위험하잖아요."

"……훗."

남자는 혀를 차며 그 자리를 떠났다.

내가 그를 이런 식으로 조롱한 데에는 이유가 있다. 이 남자의 프로듀스 덕분에 데뷔하고 성공한 것은 맞지만, 계약상 불합리한 조항을 몇 개나 끼워 넣는 바람에 벌어들인 돈 대부분이 나한테 지급되지 않는 구조로 계약이 됐기 때문이다. 그러나 그뿐이라면 차라리 용서할 수 있었다. 돈 같은 건 나중에 어떻게든 해결할 수 있는 문제였고, 그 정도는 유명해지기 위한 수업료라고 여길 수 있으니까.

제일 용서할 수 없는 건 데뷔 직전에 리코와 헤어지게 강요받았던 일이었다. 그는 "자네에게 여성 팬층은 제일 중요하니까 지금 여자친구와는 헤어지도록 하게"라면서, 그렇게 하지 못하면 데뷔는 없었던 일로 하고,

이제까지 든 레슨비 등 각종 비용을 청구하겠다고 우겼다. 그때 나한테 선택지는 거의 없는 것과 마찬가지였다. 끝까지 저항을 해보긴 했지만, 어찌 된 일인지 어느 날 갑자기 리코가 먼저 이별 이야기를 꺼냈다. 아무래도 프로듀서가 리코에게 먼저 손을 쓴 모양이었다. 네 존재는 남자친구의 앞길을 막을 뿐이라는 식의 말을 듣고 리코는 나를 위해 스스로 물러났던 것이다.

그리고 나는 온갖 우여곡절을 거쳐 정식으로 데뷔했고, 순식간에 인기도 많아졌다. 여자친구와 헤어지게 한 것도 어쩌면 시적이고 허무한 가사를 내세우는 나의 장점을 더욱 돋보이게 하기 위해서였을지도 모른다. 그런 의미에서 보자면 그 프로듀서는 실력이 있는 게 확실하다. 물론 인간적으로서는 결코 칭찬받을 수 없는 부류였겠지만 말이다.

"……여러분, 잠시 방해꾼이 끼어들었네요. 오늘 노래도 들어주셔서 감사합니다."

그대로 라이브를 접으려 하는데, 그때 맨 앞줄에 앉아 있던 한 소녀가 나한테 말을 걸었다.

"다음 공연은 언제 하세요?"

"다음?"

그러고 보니 전에는 노래가 끝난 후에 반드시 다음

공연 일정을 알리곤 했다. 이 시절만 해도 팔로워는 거의 없었지만 SNS에서도 그런 공지는 빼놓지 않았다.

"……다음은 언제가 될지 모르겠는데."

"네? 왜요?"

당황한 목소리가 날아든다. 하지만 정말 언제가 될지 알 수 없었기 때문이다.

어쩌면 오늘이야말로 마지막이 되어도 이상할 게 없었다.

"미안. 또 일정이 생기면 공지 올릴게."

"꼭이에요! 전 마야마 씨 노래가 없으면 못 살겠단 말이에요."

맨 앞줄에 앉아 있던 소녀가 그렇게 말하며 웃었다.

그 말이 진심인지는 알 수 없었지만, 나는 무척 기뻤다. 솔직히 용기를 얻은 것도 사실이었다.

돌이켜보니 이런 식으로 나를 응원하는 사람들을 가까이 대할 기회가 거의 없었다. 역시 SNS가 아니라 실제로 얼굴을 보며 주고받는 말에는 어떤 마음이 담겨 있는 것 같았다.

"이제 다 됐다……."

오랜만에 길거리 라이브를 끝내고 돌아갈 준비를 하는 건데도 그 움직임은 내 몸에 배어 있었다. 막힘없이 정리 작업을 마치고 기타 케이스를 든 채 캐리어 가방을 끌었다.

이런 걸 직접 짊어지고 옮기는 것도 참 오래간만이다.

이게 바로 꿈의 무게구나, 하고 나답지 않은 생각을 하며 치바역 개찰구에 도착했다.

돌아갈 곳은 이치하라에 있는 고이ㅭ#이다.

그곳에서 리코가 내 귀가를 기다리고 있다.

그리고 나는 그녀를 만나면 제일 먼저 하고 싶은 말이 있었다.

여기가 진짜 세계가 아님을 알면서도 나는 다시 새로운 인생을 시작하는 것 같은 기분이 들었다.

"우리 결혼하자."

집으로 돌아가자마자 내가 그렇게 말하니 리코는 눈을 동그랗게 떴다.

물론 갑작스럽긴 했다. 그렇지만 나는 이미 결심했던 일이었다. 내가 봐도 급작스러운 것 같아 우선 말을 정리하여 리코에게 뮤지션의 꿈을 접은 이야기부터 했다.

노래는 좋지만 노래를 업으로 삼고 싶지 않다고 털어
놓았다.

리코는 오히려 프러포즈보다 그 말에 더 놀라긴 했
지만, 잠시 망설이는 표정을 짓다가 내 진지한 눈을 보
며 고개를 끄덕였다. 아주 어릴 때부터 알고 지냈던 사
이이니 리코에게는 나의 확고한 의지가 전해졌을 게 분
명하다.

그리고 그녀는 활짝 웃더니 몇 초 정도 침묵하다가
눈물을 흘렸다.

"너무 행복해."

그 말이 눈물방울과 함께 또르르 흘러내렸다.

슬픔의 눈물이 아니었다. 프러포즈가 그렇게나 기뻤
던 것이다.

나는 그런 그녀를 꼭 끌어안았다.

이 팔 안에 리코를 품는 것도 참으로 오랜만이었다.

나도 그날은 그녀처럼 행복감 속에 휩싸여 있을 수
있었다.

이튿날부터 나는 본가가 운영하는 꽃집 일을 돕기
로 마음먹었다.

전부터 언젠가 이 꽃집을 잇는 게 어떠냐는 이야기도
나왔기 때문이다. 이 역시 큰 분기점일지도 모르겠다.

부모님도 기뻐하시니 나도 기분이 좋았다.

그리고 나는 참으로 여러 가지를 희생해서 꿈을 좇는 길을 걸었다고 새삼스럽게 깨달았다.

"어서 오세요."

처음에는 익숙하지 않았던 꽃집 일도 점차 요령 있게 처리할 줄 알게 됐다. 아버지도, 어머니도 가게에 나오는 날이 점점 줄어들면서, 나 혼자 가게 일을 도맡을 때가 많아졌다. 이때부터 리코도 가게를 도울 때가 많아져서 우리 둘이 가게 운영을 전담하게 됐다.

결혼생활은 매우 행복했다. 전보다 리코와 함께 보내는 시간도 훨씬 많이 늘어서 웃는 일도 많아졌다. 누군가가 항상 곁에 있다는 게 이렇게나 행복한 일임을 처음으로 알았다.

게다가 꽃집이라는 곳은 손님이 주로 선물을 준비하기 위해 찾는 데여서 미소를 짓는 사람이 많았다. 그래서 나까지도 웃게 되는 일이 잦아, 그 덕분에 이곳이 참 멋진 장소처럼 느껴졌다.

지금 내 앞에 펼쳐진 세상이 현실이 아니라는 것쯤은 안다.

이곳에 오기 전에는 이런 세상에서 행복해봤자 허무하기만 할 줄 알았다.

그러나 지금은 어쩐지 눈앞에 있는 것들 역시 진정한 행복으로 여겨졌다.

그런 기분까지 더해져서 나는 예전보다 더 환하게 웃고 지냈던 것 같다.

어느 날 갑자기 리코가 내게 물었다.

"혹시 후회되지는 않아……?"

리코가 뭔가를 조심스럽게 살피듯 물었다.

"후회는 무슨. 전혀 그렇지 않아."

나는 조금의 망설임도 없이 그렇게 대답했다. 진심으로 그렇게 생각했기 때문이다.

현실에서 한 번 가수의 꿈을 이뤄서 그런 것일지도 모르겠지만, 지금 이 눈앞의 행복이 더 소중하게 보였다.

후회 같은 건 할 리가 없다.

가슴을 펴고 자신 있게 말할 수 있다.

지금이 제일 행복하다.

그리고 어느새 내가 지켜야 할 존재가 또 하나 늘어나게 됐다.

아이가 태어났다.

리코와 똑 닮은 딸이었다. 가을에 태어났기에 단풍을 의미하는 '가에데'라는 이름을 붙였다. 나는 하나도 안 닮아도 되니까 그저 엄마를 닮은 착한 아이로 크길 바랐다. 나는 리코가 가에데를 품에 안고 있는 모습을 바라보는 시간이 제일 좋았다.

나는 역시 꿈을 포기하길 잘했다는 생각이 들었다.

그 어떤 노래도, 그 어떤 그림으로도 이 이상의 행복을 표현할 길은 없을 듯했다.

나는 이제 이 세계에 흠뻑 취해 있었다.

당연하게도 현실로 돌아갈 기분은 조금도 들지 않았다.

심지어 두 번 다시 현실로 돌아가고 싶지 않다는 느낌마저 들기 시작했다.

이 광경이 눈앞에 있다면 그것만으로도 충분했으니까.

"라라라라……."

이제 내가 하는 노래는 광고 음악이 아니라 자장가뿐이었다. 내가 노래하면 가에데는 잘 웃었다. 하지만 내 노래를 듣고 기뻐하는 이는 가에데만이 아니었다.

"역시 난 자기 노래가 참 좋아."

아까부터 가에데를 바라보고 있던 리코가 나를 보

며 말했다.

"지금 그 말을 해주는 건 리코 당신뿐이야."

한 아이의 아버지가 된 지금, 노래를 잘해봤자 아무런 도움도 되지 않는다. 그래도 오랜만에 듣는 칭찬에 그리 나쁜 기분은 들지 않았다.

그때 리코가 뜻밖의 말을 꺼냈다.

"있잖아. 오랜만에 노래방 가는 거 어때?"

"노래방?"

연애하던 시절만 해도 우리 둘이 노래방을 자주 찾긴 했지만, 결혼하고 나서 리코가 가고 싶다고 한 건 처음이었다.

"응, 나 오랜만에 자기 노래 제대로 들어보고 싶어."

"그렇구나……."

나는 특별히 그 제안을 거절할 이유도 없어서 "그럼 한번 가볼까?" 하고 별 뜻 없이 대답했다.

그러자 리코는 환하게 웃으며 "와아, 잘됐다"라고 말했다.

저런 미소를 볼 수 있을 줄 알았다면 더 일찍 노래방에 가자고 할 걸 그랬다.

그러나 나는 이후에 생각지도 못한 후회를 하게 됐다.

모처럼 가는 거 가족이 다 같이 노래방에 가기로 했다. 내 부모님과 리코의 부모님. 그리고 리코의 여동생 부부까지 다 함께 소가역 앞에 있는 노래방의 파티 룸을 빌렸다.

맨 처음 노래하게 된 건 나였다. 첫 주자는 안 하겠다고 몸을 뺐지만. 결국 장인어른과 장모님한테 등을 떠밀려 노래를 하게 됐다.

선곡은 요즘 유행하는 J-POP으로 했다. 일할 때도 라디오에서 몇 번이나 흘러나왔던 유명한 곡이다. 리코도 좋아하는 노래였다. 노래가 끝나자 다들 박수를 보냈고. 무엇보다 리코가 기뻐하는 표정을 지으니 나까지 기분이 좋았다. "역시 가수가 되어야 했는데"라는 농담 섞인 말도 날아왔지만 나도 "역시 그런 것 같은데?"라고 웃으며 받아쳤다. 이제 그런 말쯤은 전혀 신경 쓰이지 않았기 때문이다.

다들 나이가 제각각인 것도 한몫해서 그때부터는 각자 좋아하는 노래를 골라 부르기 시작했다.

우리 아버지는 서던 올 스타즈의 〈사랑하는 에리〉.

어머니는 사와다 겐지의 〈네 멋대로 해라〉.

장인어른은 나가부치 쯔요시의 〈건배〉.

장모님은 나카모리 아키나의 〈DESIRE〉.

다들 즐겁게 노래했다. 마이크가 물 흐르듯 사람과 사람 사이를 건너다녔고 나도 내가 만들던 곡과는 전혀 다른, 밝은 템포의 곡을 노래하기도 했다.

이렇게 노래방 단말기로 검색해보니 참으로 다양한 곡이 있었다.

수많은 가수들이 매일 새로운 곡을 발표하고 있었던 것이다.

현실 세계에서는 나도 그 별처럼 수없이 많은 가수 중 한 명이었다.

그중 운 좋게 싹을 틔웠다. 그리고 많은 이들이 내 노래를 듣게 됐다. 열광적인 팬들이 생기고, 내 곡은 다른 가수와는 차원이 다르며 요즘 음악적 상황에 꼭 필요하다는 절찬까지 받았다.

그 길거리 라이브에 왔던 소녀도 그랬다.

내 노래가 없으면 못 살겠다고.

그 정도로 내 노래는 유일무이한 것이었다.

─분명 그런 것이었을 텐데.

"……."

정말로 그렇다면, 지금 이 세계는 대체 뭐지?

"나는 너를……."

지금은 처제 부부가 누구나 아는 유행가를 부르는

164

중이었다.

모두가 처제 부부가 부르는 그 최신 유행 러브 송을 진심으로 즐겁게 듣고 있었다.

다들 충분히 즐기고 있다. 만족하고 있다.

마치 내 곡 따위는 처음부터 이 세계에 필요 없었다는 것처럼······.

"······윷."

난 꼭 필요한 사람이 아니었을까?

유일무이한 곡을 내고, 그런 내 노래가 없으면 살아갈 수 없다는 이가 있지 않았던가.

하지만 결코 그렇지 않았다.

눈앞의 이 현실은 잔인했다.

내 곡이 이 세상에 태어나지 않더라도 이곳은 아무 변화도 없었다.

나는 어느 순간부터 가수의 일은 고상한 것으로 착각하고 있었다. 이런 창조적인 일을 대신할 사람은 없을 줄 알았다.

누군가의 특별함은 다른 누군가의 특별함으로 메울 수 없을 줄 알았다.

그러나 전혀 그렇지 않았다.

얼마든지 대신할 사람이 존재한다.

그곳에 원래부터 존재하지 않는다면, 누군가의 다른 작품이 그 자리에 완전히 안착할 수도 있고 사람들은 그걸로 대체해서 만족감을 채울 수 있다.

그러니 내 곡도 이 세계에서는 처음부터 필요치 않았던 걸지도 모른다.

원래부터 없었으니 아무도 알아차리지 못할 수밖에.

내가 만들어왔던 건 사라져도 아무도 알아차리지 못하는 투명한 곡이었다.

"좋아하는데……."

곡이 하이라이트 부분을 맞이한다. 그와 동시에 룸 안의 분위기도 후끈 달아오르는 게 느껴졌다.

나를 제외한 가족 모두가 즐겁게 이 시간을 보내고 있었다.

나는 남몰래 주머니에서 스마트폰을 꺼내 내 SNS 계정을 열어봤다.

길거리 라이브를 하던 시절에는 자주 여기에 이런저런 글을 올렸지만, 결혼하고 나서는 거의 이용하지 않았다. 그래도 아직 나를 팔로우하는 계정이 있어 그곳을 살펴봤다.

그 길거리 라이브를 보러 왔던, 열광적인 소녀 팬의 계정이었다.

"꽃과 같이……."

차라지 보지 말 걸 그랬다.

"기리시마 완전 최고! 이제 기리시마 없이는 못 살 것 같아!"

그 소녀는 지금 다른 가수의 열광적인 팬이 되어 있었다…….

타임라인에는 그 기리시마라는 보컬이 있는 그룹 이야기만 가득해서, 그 소녀가 얼마나 그에게 빠져 있는지 여실히 전해져 왔다.

이제 나에 대해서는 완전히 잊은 듯하다.

처음부터 내 존재 같은 건 없었던 것처럼…….

"바람처럼……."

그래. 굳이 내가 아니어도 괜찮았던 거구나.

대신할 것은 얼마든지 있다.

내가 없어도 다들 잘 살아갈 수 있고, 있다고 하더라도 큰 변화는 없다.

"……크윽."

왜지?

이제껏 이 세계에서는 충분할 정도로 행복을 맛봤다.

그런데 지금은 비참한 기분만 가득했다.

토해버리고 싶다. 이 감정을 어딘가에 토해내야 한다.

그렇지 않으면 나는 앞으로 행복하지 못할 것 같다.

—아, 이럴 때 SNS에 글을 올리면 되겠구나.

비참함과 분노, 허망함이 뒤섞인 그 속에서 태어난 것은 일상생활이라면 절대로 하지 못할 과격한 말들의 나열이었다.

현실에서 이런 소리를 떠들었다가는 분명 온라인상에서는 난리가 날 터이고, 엄청난 뉴스거리가 되어 활동 임시 중지는커녕 아예 은퇴까지 내몰려도 이상할 게 없을 것이다.

그렇지만 지금의 나는 주저하지 않고 글을 올렸다.

이제 뭐가 어찌 되든 상관없었기 때문이다.

"이 곡 정말 좋다."

"응. 진짜 최고지? 이 곡과 비슷한 다른 가수 노래도 좋은데……."

처제 부부의 노래가 끝나고 다음 곡이 시작됐다.

그 타이밍에 맞춰 스마트폰을 살펴봤지만 아무런 반응도 없었다.

그렇게나 과격한 말을 줄줄이 쏟아냈는데도 아무 의미조차 없었다. 아무도 없는 허공을 향해 또다시 투명한 말을 내뱉었을 뿐이었다.

"그래, 기껏 해봤자 이런 식이지……."

뭐에 대해 이런 식이냐면, 솔직히 말해 전부 다였다.

일도, 꿈도, 인생도, 그런 현실 세계의 내 모든 것이.

나 자신이 부정당한 기분이 들었다.

내가 창조해 낸 것은 아무 의미가 없음을 깨닫고 말았다.

"……다음에는 내가 노래하고 싶은데 마이크 좀 줄래?"

다음 사람의 노래가 끝났을 즈음 내가 그렇게 말하자 "오오, 막 신이 나는 모양이네"라면서 처제 부부가 웃으며 마이크를 넘겼다.

나는 누구나 아는, 다른 가수의 유행곡을 불렀다.

오늘 노래 중 최고 점수가 나왔다.

그 이후로도 이 세계에서의 생활은 큰 변화가 없었고, 내 몸이 원래 세계로 돌아갈 조짐도 보이지 않았다.

지금은 꽃집 일도 손에 익었고, 가족과의 시간도 소중히 하는 중이다.

다만 마음속에 변화가 생겼다.

결심한 일이 있다.

이 과거를 벗어나 원래의 세계로 돌아가면, 바로 연예계 은퇴를 하자고 말이다.

솔직히 나를 대신할 다른 가수들은 얼마든지 있다.

그렇다면 내가 필사적인 마음으로 곡을 만들 필요도 없다.

더는 창조의 고통을 맛보고 싶지 않았다.

The Beatles의 폴 매카트니는 〈예스터데이〉라는 역사에 남을 명곡이 하룻밤 꿨던 꿈속에서 탄생한 것이라고 말했다. 너무나도 자연스럽게 그 멜로디가 떠오른 바람에 주변 사람에게 이미 만들어진 곡이 아니냐고 물어보고 다녔다는 일화도 있다.

나는 그런 천재가 아니다.

그렇게 쉽게 유일무이하고 역사에 남을 명곡을 만들어 낼 수 없다.

필사적으로, 그것도 피를 토하는 심정으로 떠오른 악상을 적었다가 지우고, 만들었다가 무너뜨리기를 반복하면서 곡을 지었다.

하지만 그렇게까지 하면서 만들어 낸 것이 한 번도 본 적 없는 제삼자의 가벼운 발언에 부정당해 무너지는 세상이다.

게다가 그런 가차 없는 세상인데도 나 말고 대신할 사람은 얼마든지 있다.

결코 유일무이한 존재가 아니다.

이제 누구를 위해 노래하는지도 알 수 없었다.

이 과거의 분기점 속 세계로 돌아온 나는 역시 꿈은 좇지 말았어야 했다는 점만 확신하게 됐다.

다시금 재확인만 하고 말았다.

나는 다시 스마트폰을 꽉 쥐었다.

전에 내가 올린 글귀로 인해 무슨 풍파가 일어난 것도 아니었지만. 이제 와서 괜히 부끄러워져 바로 삭제했다.

그 이후 다시 열어본 SNS 계정.

거기에 이렇게 적어본다.

'지금이 제일 행복하다.'

여러 마음을 담아 그렇게 적었다. 진심으로 그렇게 생각하기도 했고. 현실이 아닌 이곳 세계에서 이런 글귀를 올린 것은 강렬한 비아냥을 섞은 행동이기도 했다.

이러한 말을 갑자기 툭 올려놓는다고 해서 누군가 대답하리라고 기대한 것은 아니었다.

하지만 금방 반응이 왔다.

내 글에 '좋아요'가 하나 달렸다.

그러나 그게 누구인지는 알 수 없다.

그 상대의 계정이 비공개여서 이름이 드러나지 않게 설정되어 있었기 때문이다.

'좋아요 1'

어둠 속에서 가로등이 하나 톡 켜지듯 그 문자가 표시되어 있다.

나는 그 한 개뿐인 좋아요가 어떤 의미를 갖고 있는지 모른다.

지금 그 상대와 어떤 대화를 주고받을 수도 없다.

그렇기에 나는 다시 한번 글을 올렸다.

'마지막으로 노래하겠습니다.'

또다시 '좋아요 1'이 달렸다.

시간도, 장소도 그 무엇도 알리지 않았다.

그저 '마지막으로 노래하겠습니다'라고 적었을 뿐이

었다.

　나는 현실로 돌아가자마자 은퇴하리라 결심했다.

　그러니까 이 세계에서 마지막으로 노래하기로 마음먹었다.

　현실 세계에서 더는 노래하지 않을 테니까. 활동 임시 중지에서 은퇴.

　흔히 있는 일이다. 유일무이도 뭣도 아니었으니까 그렇게 뻔한 방식으로 막을 내리는 것도 나쁘지 않을 것이다.

　이 과거 세계에서의 경험을 통해 내가 얼마나 의미 없는 꿈을 좇았는지 잘 알게 됐다.

　이 과거에 계속 머물면 좋겠지만, 현실 세계로 돌아가게 되면 여러 가지 일을 다시 시작하고 싶었다.

　음악을 그만두고 고향으로 돌아가 지금부터라도 꽃집 가업을 이어받아도 나쁘지 않을 것이다. 리코는 몇 년 전에 고향을 떠나 이제 그곳에 없겠지만, 소소한 것부터 인생을 다시 시작하고 싶은 마음이었다.

　그런 생각을 할 수 있게 된 것만 해도 이 과거의 분기점 속 세계에 온 의미는 조금이라도 있는 것 같았다.

　"……그럼 어디 해볼까."

　길거리 라이브를 여는 치바역 고가다리 아래에는 아

무도 없었다. 시간도, 장소도 공지하지 않았으니 당연한 일이다.

그리고 공지해봤자 이제 와서 팬이 찾아올 리도 없다.

지금은 다른 누군가의 팬이 되어 있을 테니까.

내가 여기서 노래하기로 한 이유는 나를 위해서다. 가수 마야마 야마토와 오늘 결별하기 위해 노래하는 것이다.

고가다리 아래에서 혼자 하는 이 라이브는 지금의 나에게 잘 어울리는 무대로 느껴졌다.

"내 이름을……."

오늘 부르는 노래는 여기서 늘 하던 곡이 아니다.

현실에서 정식 데뷔를 한 후 크게 히트 친 노래였다.

그때 이 곡은 도시 곳곳에서 흘러나왔고, 영화 테마곡으로도 쓰였다.

현실 세계에서는 모르는 이가 없을 정도의 노래다. 만약 현실에서 이 곡을 내가 길거리 라이브로 부르기라도 하면 바로 인파가 몰리면서 SNS로 상황이 생중계되거나, 어딘가에서 뉴스거리가 됐을 게 분명하다.

그러나 지금은 그렇지 않다.

"잘 가라고 적은……."

근처를 지나가는 사람들 그 누구도 발걸음을 멈추지 않는다.

"네 이름을……."

아주 잠깐 이쪽을 보는 시선이 있긴 하지만, 그대로 지나쳐 간다.

내 노랫소리는 아무도 귀를 기울이지 않아 허공을 향해 날아간다.

그 누구도 듣지 않는 나 혼자만의 노래.

허무한 분위기를 매력 포인트로 내세우는 내 곡에 딱 어울리지 않은가. 이 이상으로 덧없는 것도 없다.

어둡고 허망하다는 뜻의 '몽儚'은 '사람 인人'과 '꿈 몽夢'을 결합한 글자라고 누가 그랬던가.

분명 지금 나와 같은 상황에 빠진 사람이 만든 단어가 아닐까.

"나는 몰라요……."

너무나도 덧없다.

사람의 꿈은 허망하다.

이 꿈만 같은 과거 세계는 너무나도 허무하다…….

"감사합니다……."

눈앞에 아무도 없는데도 노래가 끝나자 그렇게 인사했다.

그러고 나서 머리를 깊이 숙였다.

이 한 곡으로 끝이다.

이제 충분하다.

나를 대신할 사람은 얼마든지 있다.

굳이 내 곡을 들을 필요는 없다.

내가 노래할 이유는 그 어디에도 없다.

이제 가수로서의 마야마 야마토의 인생은 끝이다.

─그렇게 생각한 순간이었다.

"저어……."

어느 고등학교 교복을 입은 소녀가 있었다.

간신히 용기를 짜낸 듯 나에게 다가와 말을 걸었다.

"왜, 그러니……?"

나는 그녀가 나한테 다가온 이유를 알 수 없었다. 지금까지 이런 소녀를 만난 적은 단 한 번도 없었기에.

"……벌써 끝났어요?"

"뭐……?"

설마 노래를 듣고 있는 사람이 있을 줄은 몰랐다. 그래서 바로 한 곡만 부르고 끝낼 셈이었다. 그러나 이 애는 그것만으로는 아쉬웠던 모양이다.

그리고 소녀는 깜짝 놀랄 만한 말을 입을 올렸다.

"……지금 곡 너무 좋은데요. 혹시 쉬시는 동안에 만

든 노래인가요?"

"뭐……?"

처음에는 그 말뜻을 이해하지 못했다.

하지만 그녀가 이어서 하는 말을 듣고 바로 알아차
렸다.

"……제가 전부터 마야마 씨의 노래를 자주 들었거
든요. ……전에 여기서 노래하셨죠?"

"전에도 내 노래를 들었니……?"

소녀는 고개를 끄덕였다.

그녀는 한 번 숨을 토해내더니 무슨 깊은 심정을 고
백하는 것처럼 말했다.

"……네, 맞아요. 중학교 다닐 때 친구 문제로 고민이
많아서 툭 하면 학교도 쉬고 그랬거든요……. 그러던
중에 이곳을 지날 때 마야마 씨의 노래를 듣고 얼마나
마음이 편해졌는지."

소녀는 나를 똑바로 바라보며 말을 이었다.

"저한테는 지금도 마야마 씨가 제일 좋아하는 가수
예요. 그 시절 저는 마야마 씨의 노래를 듣기 위해 살
고 있었던 거니까요. 그래서 늘 응원하고 있어요."

"그런 일이……."

길거리 라이브를 하던 시절에 내 노래를 듣고 힘을

낸 사람이 있을 줄은 상상도 못 했다.

그리고 몇 년이 지난 지금도 그 마음을 잊지 않는 사람이 있을 줄은 더더욱 몰랐다.

나는 그런 걸 알 여지도 없었다. 아니, 몰랐던 것에도 이유가 있었을지 모른다.

그녀는 이렇게 말했다.

"전 SNS로도 여전히 마야마 씨를 팔로우 중이에요. 아마 비공개 계정이어서 좋아요를 눌러도 이름은 표시되지 않겠지만, 그래도 '마지막으로 노래하겠습니다'라는 말이 올라왔길래 어쩌면 예전에 공연한 곳에서 노래하시지 않을까 해서 여기 와본 거예요."

"네가 그……."

눈앞의 이 소녀가 그때 그 단 하나의 좋아요를 눌러준 사람이었다.

나는 믿을 수가 없었다.

이런 일이 마지막 공연의 마지막 순간에 일어나다니.

나한테는 좋아요를 눌러준 인물이 누구인지 보이지 않았지만, 그 하나의 숫자가 마치 빛처럼 켜진 순간 내 마음이 얼마나 구원받았는지 모른다.

나는 지금까지 그걸 알아차리지 못했다.

그런 사소하기 이를 데 없고 눈에 잘 보이지도 않는

178

희미한 무언가 덕분에 구원을 받을 수도 있다니…….

"고마워……. 정말 고마워……."

갑자기 눈물이 왈칵 흘러나왔다.

감정이 넘쳐 흐르고 말았다.

이제 그 누구도 필요로 하지 않을 거라 생각했던 내 존재를 이 소녀가 긍정해준 기분이 들어서…….

"저야말로 감사하죠. 저는 마야마 씨 노래 덕분에 용기를 얻었으니까. 앞으로도 당신은 제 최고의 가수예요. 마야마 씨가 힘드신 일이 있으면 다음에 꼭 잘 보이도록 메시지 보낼게요. 늘 응원하겠습니다."

그녀의 말에 나는 눈물을 더 쏟고 말았다.

"고마워. 정말 고맙다……."

몇 번이나 감사 인사를 했다.

그 말밖에 나오지 않은 건 진심으로 그렇게 생각했기 때문이다.

이제 노래는 그만둘 셈이었다. 현실 세계로 돌아가면 이대로 모든 걸 시원하게 끝낼 작정이었다.

―하지만 괜찮지 않을까?

―앞으로 계속 노래해도 되지 않을까?

내 노래를 듣고 단 한 명이라도 구원받을 수 있다면, 나는 그 사람만을 위해서 또다시 노래해도 되지 않을까…….

○

마야마는 마호로시역으로 돌아왔다.

아직 눈에는 눈물이 흘러내리고 있다. 그 눈물 속에는 여러 마음이 담겨 있었다.

"……나는 어떻게 하면 좋았을까."

마야마는 눈물을 훔치고 나서 말했다.

정답이 무엇이었는지, 자신이 어떻게 하면 좋았을지 모르겠다.

자신이 선택하지 않았던 과거의 분기점 속 세상을 봤다. 그곳에서 보낸 시간은 분명 행복했다.

하지만 자신을 응원해주는 한 사람의 존재 덕분에 용기를 얻은 것도 사실이다.

그리고 이 현실 세계에 다시 돌아오게 됐다.

꿈을 좇는 게 나았을까, 좇지 않은 게 나았을까.

"……어떻게 하면 좋았을지 나도 정말 모르겠어."

마야마의 말에 역무원은 천천히 대답했다.

그리고 말을 이었다.

"어떤 선택지의 인생을 걷든 후회가 남을 수밖에는 없을 거예요. 꿈을 좇지 않으면 안정된 생활 속에서 왜 내가 꿈을 좇지 않았는지 후회하고……, 꿈을 좇으면 눈앞에 있을지도 모를 행복한 생활을 붙잡지 못해 후회하겠죠……."

그리고 역무원은 마야마를 바라보며 입을 열었다.

"……그러니까 사람은 결국 인생의 분기점에 섰을 때마다 가능한 후회가 적은 선택지를 고를 수밖에 없어요. 그러면 분명 나중에 가서는 자신에게 만족스러운 목적지에 다다를 수 있지 않을까요? 물론 그 와중에도 기쁨이 큰 쪽을 고르면 더 좋고요."

마야마는 역무원의 말을 들으며 작게 고개를 끄덕였다.

"……그래. 당신 말이 맞는 것 같아."

솔직히 어느 쪽을 선택하든 간에 후회할 건 확실하다.

처음부터 음악을 포기하고 고향에서 계속 살기를 선택했다면 아마 어딘가에서 꿈을 좇지 않았던 것을 후회했으리라.

이번에 마야마가 그런 마음이 들지 않았던 건 현실

속에서 이미 꿈을 이루겠다는 선택지의 인생을 걸은 까닭이다.

어느 쪽을 골라도 후회는 존재했다. 그리고 어느 쪽이든 기쁨도 있었다.

아예 존재하지도 않는 것을 원하기나 하고, 스스로가 붙잡지 못했던 행복을 푸른 풀밭에 누워 바라보기만 했던 것 같다.

그리고 지금 마야마의 마음속 저 깊은 곳에 등불처럼 켜진 단 하나의 답이 자리하고 있다.

"……나는, 노래할 거야."

마야마는 말했다.

"……지금 나한테는 노래밖에 없으니까."

이번에는 자신만을 위해서가 아니다.

내 곡을 들어주는 사람을 위해 계속 노래하자고 생각했다.

그때 역무원이 말했다.

"노래밖에 없는 건 아닐 거예요."

역무원은 미소를 지으며 말을 이었다.

"마야마 씨는 노래를 통해 누군가의 마음을 움직이고, 웃게 하고, 누군가를 구하기도 하잖아요. 그건 마야마 씨가 노래를 가지고 뭐든 다 할 수 있다는 뜻 아닐까요?"

역무원의 말에 마야마는 작게 고개를 끄덕이고 입을 열었다.

"사람의 마음이라는 게 이렇게나 따듯한 거였어."

그리고 마야마는 다시 원래 있던 소부선 전철 안으로 돌아갔다.

○

―덜커덩.

―덜커덩.

마침 전철은 아라카와와 나카가와, 두 강 위를 걸친 다리를 다 건넌 참이었다.

지금은 히라이역을 향해 가면서, 그대로 도심 속을 통과한다.

그러고 나서 긴시초역에 도착하자, 주변의 떠들썩함이 한층 더 심해지며 전철에서 보이는 도시의 네온사인도 도드라졌다.

모자를 깊게 눌러쓰고 평소에 잘 쓰지 않는 안경까지 쓴 마야마를 알아보는 사람은 한 명도 없었다.

"……."

마야마는 스마트폰을 꺼내 오랜만에 SNS 계정을 열어봤다.

수십만 명의 팔로워.

타임라인에는 여전히 빗발치듯 마야마에 대한 말이 넘치고 있다.

마야마가 글을 올린 건 약 1년 전.

그 이후에는 아무런 글도 올리지 않았다.

그러나 그 활동 임시 중지 안내를 올린 이후, 오랜만에 온 세상을 향해 말했다.

'활동 재개합니다. 처음처럼 잘 부탁드립니다.'

간결하지만 그게 전부인 말.

소속사 사무실에도 아무 언질을 주지 않았으니 나중에 소동이 일어날지도 모른다.

그렇지만 지금 자신의 말로 제대로 이 마음을 전하고 싶었다.

지금 전달하지 않으면 안 된다는 생각이 들었다.

마야마의 글은 금세 SNS상에 퍼졌다.

팬들의 기쁨과 응원 속에 수많은 비난도 쏟아졌다.

'아직도 반성 안 했네.'

'누가 네 노래를 듣겠다고.'

'짧은 활동 중지 기간이었네요. 휴가는 즐거우셨나요?'

'근데 넌 누구? 이제 세상은 너한테 관심 없어.'

빗발치기만 하는 정도가 아니라 마치 홍수처럼 떠밀려오는 비난 세례에 파묻힐 것 같은 와중에도 마야마는 단 한마디의 말을 찾고 있었다.

여기에는 없을지도 모른다.

하지만 오늘은 어쩌면 그 말을 발견할 수 있을지도 모른다는 생각이 들었다.

― 그리고 찾아냈다.

'중학생 때 치바역에서 마야마 씨의 노래 덕분에 얼마나 마음이 가벼워졌는지 몰라요. 그때부터 지금까지 마야마 씨는 저에게 최고의 가수입니다. 앞으로도 응원할게요.'

마야마는 그 글귀에 '좋아요'를 눌렀다.

지금은 그것만으로도 충분하다고 느꼈다.

제 **IV** 화

만약 그때
병원에 모시고 갔더라면

이이다 린은 기도하면서 기다렸다.

치바에 있는 병원의 한 병실.

현재 린의 어머니는 수술을 받는 중이다.

"……."

시곗바늘을 몇 번이나 확인하게 된다. 시간이 너무나도 느리게 흐른다. 마치 린의 마음을 그대로 드러내는 것처럼 시곗바늘은 앞으로 나아가길 두려워하는 것 같았다.

정신을 다른 곳에 돌리기 위해 텔레비전을 켜니 뉴스보도가 나왔다. 아나운서가 차분한 표정으로 2년 전에 벌어졌던 대형 관광버스 사고에 대한 뉴스를 전하고 있었다. 희생자가 몇 명이나 발생한 가슴 아픈 사고였다.

―그래. 그 이후로 벌써 2년이 지났구나.

그런 세월의 흐름을 느끼게 하는 뉴스를 앞에 두고 린은 문득 자신의 삶을 되돌아봤다.

2년. 그보다 훨씬 이전에 엄마를 병원에 모시고 갔으면 좋았을걸……

오늘 수술 날이 되기 전까지 몇 번이나 그렇게 생각했다.

더 일찍 병원을 찾았더라면 엄마 몸에 있던 병도 지금처럼 수술까지 받는 단계로는 진행되지 않았을 가능성이 컸다. 그래서 린은 더더욱 견딜 수 없이 괴로운 심정이었다.

그러나 2년 전에 그런 생각을 하지 못한 데는 이유가 있다. 그 당시만 해도 엄마의 건강에는 눈에 띄는 변화도 없었고, 린은 구직 활동을 하느라 바빴다. 그리고 순식간에 시간이 지나 졸업을 맞이하고, 사회인으로서 일하게 됐다.

일상 속 사소한 변화를 신경 쓸 여유가 없었다. 그런 상태였으니 부모님께 제대로 된 효도를 할 수 있을 리도 만무했다. 오히려 이런 상황이 되고 나서 자신이 얼마나 불효자였는지 깨닫고 말았다.

엄마를 위해 내가 더 할 수 있었던 일은 없었을까.

엄마에게 해줄 수 있는 일은 없었을까…….

"어머님 수술, 이제 끝났어요."

간호사의 목소리에 린은 고개를 들었다. 그러자 엄마를 실은 침대차가 병실 안으로 들어왔다.

"……엄마."

간호사가 엄마의 몸을 침대 위에 눕히자 병실에 함께 들어온 나이 지긋한 의사가 말했다.

"수술은 무사히 끝났습니다. 일단 안심하세요. 어머님께서도 곧 눈을 뜨실 겁니다."

"가, 감사합니다!"

린이 깊게 허리를 굽혀 인사하자, 의사도 고개를 꾸벅 숙여 보인 후 병실을 나갔다. 간호사도 링거를 확인하고 나서 "그럼 잠시 후 다시 오겠습니다"라며 병실을 떠나갔다.

병실에 남은 건 린과 엄마뿐이었다.

"엄마, 고생했어……."

아직 의식이 돌아오지 않은 엄마를 향해 한 말이어서 돌아오는 대답은 없었다.

그러나 인공호흡기를 달고 누운 엄마의 모습은 마치 딴사람처럼 힘없고 약하게 보였다. 그렇게 바라보고 있기만 해도 마음이 괴로웠다.

항상 쾌활한 엄마였다. 약한 모습을 보인 적은 없었다.

어쩌면 린 앞에서는 그런 모습을 감추고 늘 갑옷을 두른 면만 보여줬던 것일지도 모른다.

"엄마……."

지금 엄마의 모습을 보니 자꾸만 가슴 깊은 곳이 아파진다.

—엄마가 건강할 때 더 많은 것을 해드렸어야 했는데.

싱글 맘인 엄마는 일하면서도 린을 늘 챙겼고. 그래서 린은 외로운 적이 없었다. 취업 준비를 할 때 조차도 엄마는 곁에서 힘껏 도와줬다. 나중에 만족스러운 회사에 입사 결정이 된 것도 다 엄마 덕분이다. 하지만 지금 되돌아보면 그에 대한 감사의 마음도 제대로 전하지 못했다.

사회인이 되고부터는 익숙지 않은 나 홀로 자취 생활이 시작됐다. 첫 월급이 들어오면 함께 여행도 가자고 했는데. 업무를 따라가느라 정신이 없어 그냥 엄마한테 봄 코트 한 벌 선물하는 것으로 끝내버렸다.

뭘 해주려고 해도 엄마가 먼저 사양할 때가 더 많았던 것도 사실이다. 린의 첫 월급이 들어왔을 때, 엄마는 "네가 열심히 일해서 번 돈이니까 엄마 챙기려 하지 말고 너를 위해 써. 앞으로 돈 필요한 일도 많을 거고."

라고 말했다.

그래서 린도 직장 적응을 못 하는 상태에서 무리하게 여행 일정을 짜지 않고, 지금은 일단 코트 선물로 때우자며 대충 끝냈던 면도 있었다.

예전부터 엄마는 별로 갖고 싶은 것도 없고, 하고 싶은 일도 전혀 없다고 했기에 그 말에 휩쓸리고 말았던 것이다. 그러나 그마저도 엄마는 모두 린을 위해 한 행동이 아니었을까.

모녀 두 사람의 생활 속에서 엄마가 자기에게 들어가는 돈을 쪼개고 아꼈다는 건 쉬이 알 수 있다. 본인보다 린을 최우선으로 삼았던 게 분명했다.

그런 생각을 하다 보니 린은 가슴이 더욱 조여드는 기분이 들었다.

"엄마, 미안해……."

똑, 똑 떨어지는 수액 방울.

린은 당장이라도 눈물을 쏟을 것 같았지만, 지금 울고만 있을 수는 없었다.

엄마가 건강을 회복하면 이번에는 어떻게든 효도를 하겠다고 굳게 다짐했다.

"엄마, 빨리 나아야 해……."

린은 다시 기도했다.

염원했다.

지금 자신이 할 수 있는 건 그것밖에 없다고 여겼으니까.

그런데 그날 집으로 돌아가는 길, 전철에 탄 순간 린은 신기한 체험을 하게 됐다.

○

"당신이 다시 시작하고 싶은 과거의 분기점은 언제지?"

린은 눈앞에 벌어지는 일을 따라가는 것도 버거웠다. 분명 아까까지만 해도 소부선 전철을 타고 집에 가는 중이었다. 아사쿠사바시역에 있는 자취방까지 얼마 남지 않았는데…….

어느새 린은 마호로시라는 이름이 붙은 역에 도착하고 말았다.

그리고 눈앞에는 자신을 7월의 역무원이라고 소개하는 키 큰 남자가 있었다.

"어, 저어, 혹시 여기 역무원이세요?"

린은 당황스러움을 숨기지 못한 채 질문에 질문으로 답했다.

린은 앞에 있는 이 남자가 역무원이라는 사실을 도

저히 믿을 수가 없었다.

"그래. 맞아. 아까도 말했잖아. 나는 7월의 역무원이라고. 그리고 지금 나는 당신이 돌아가고 싶은 과거의 분기점이 언제인지 묻는 중인데."

역무원은 전혀 흔들리는 기색 없이 대꾸했다.

아직 영문을 알 수 없는 일뿐이었지만, 린은 아까부터 자꾸 언급하는 과거의 분기점이라는 단어를 제일 이해할 수 없었다.

"……저어, 그 돌아가고 싶은 과거의 분기점이라는 게 뭔가요?"

"아아. 그래. 그것부터 먼저 설명해야 하겠군."

역무원은 긴 머리를 쓸어 올리며 드문드문 이야기를 시작했다.

이곳은 마호로시역이라고 하는 장소로, 소부선 전철을 타고 가는 중에 아라카와와 나카가와, 두 강의 위, 정확히 신코이와역과 히라이역 사이에 걸친 다리를 통과할 때, 과거로 돌아가 어떤 일을 다시 하고 싶다고 바랄 정도의 간절한 후회를 품은 사람이 이르게 되는 장소라고 했다. 그리고 보름달이 뜨는 밤에만 그 기회를 얻을 수 있고, 자신이 후회하는 사건이 일어난 과거의 분기점으로 돌아갈 수 있다는 설명을 들었다.

그리고 마지막에 전달받은 주의점은 과거로 돌아가도 현재 상황은 어떤 것도 바꿀 수 없다는 사실이었다.

"그렇군요……?"

그런 모든 설명을 다 듣고 나니 린의 머릿속은 더욱 혼란스러워졌다. 너무나도 갑작스러운 이 상황에 더해, 많은 정보까지 듣게 됐기 때문이다.

"솔직히 그런 반응을 보이는 것도 이해는 가. 어떻게 이런 걸 쉽게 믿을 수 있겠어?"

아직 지금 일어난 일을 모두 받아들이지 못하는 린 앞에서도 역무원의 태도는 차분하기만 했다.

그리고 평온한 어조로 말을 이었다.

"굳이 머리로 생각할 필요 없어. 그냥 그러려니 하고 받아들이기만 하면 돼. 솔직히 이런 신기한 역의 존재를 누가 이해할 수 있겠어? 이런 외진 장소에 오게 될 줄은 꿈에도 상상 못 했잖아. 안 그래?"

"그건 그렇긴 한데……."

그 말을 듣고 보니 린은 조금씩 이해가 되는 기분이 들어 고개를 끄덕이기 시작했다. 애당초 이 마호로시역 이라는 공간 자체가 설명조차 되지 않는 신기한 장소 였으니 말이다.

그런 거라면 역무원의 이야기처럼 보름달이 뜨는 밤, 다리 위를 건널 때 과거로 돌아갈 수 있는 일이 생겨도 이상하지 않을 것 같다.

……그냥 그러려니 하고 받아들이면 되니까.

……그러면 되는 걸까?

"그럼 다시 묻겠는데, 당신이 다시 선택하고 싶은 일이 있는 과거의 분기점은 언제지?"

역무원이 다시 물음을 던졌다. 그에게서 억지로라도 이야기를 끌고 나가려는 기색이 느껴졌지만, 어쨌든 이제 이 상황을 그냥 받아들일 수밖에 없을 듯하다.

게다가 역무원의 말대로 자신이 과거의 일을 다시 선택하면 좋겠다고 바랄 정도의 후회를 품고 있는 것 역시 사실이었으니까.

그래서 린은 머릿속에 떠오른 생각을 그대로 대답하기로 했다.

"……엄마를 더 일찍 병원에 모시고 가야 했다고 몇 번이나 후회했어요."

"어머니를 더 일찍 병원에 모시고 가야 했다……."

역무원은 그 말을 곱씹기라도 하듯 중얼거렸다.

"네, 물론 아까 말씀하신 그 과거의 분기점? 아무튼 거기로 돌아가더라도 현실에는 영향을 미치지 않는다고 하니 그렇게 해봤자 아무런 의미가 없다는 건 알지만……."

만약 정말 과거로 돌아갈 수 있어서 엄마를 더 일찍 병원에 모시고 간다고 해도 지금 엄마의 병이 낫는 건 아니다. 그러니 과거로 돌아가봤자 그다지 큰 의미도 없다. 그런데도 과거로 돌아가서 다시 시작해보고 싶은 이유는 린의 가슴 속에 엄마의 병환이 트라우마처럼 큰 후회로 새겨져 있어서였다.

유일한 가족인 엄마의 몸에 병이 생긴 그 일이야말로 자기 인생의 분기점임이 분명했다.

그래서 만약 엄마가 병을 피할 수 있는 가능성이 있었다면, 어떻게 됐을지 알고 싶었다.

―그리고 린에게는 또 하나의 목적이 있었다.

"……또 저는 엄마한테 평소에 묻지 못했던 걸 꼭 물어보고 싶어요."

그 말에 역무원은 의외라는 표정으로 반응했다.

"평소에 묻지 못했던 것? 실례가 되지 않는다면 뭔지 알려줄 수 있을까?"

"우리 엄마는 평소에 기운도 넘치고 농담도 잘하는 대담한 성격이거든요. 하지만 사실 은근 사양하고 겸손을 떠는 면도 있어서 뭘 갖고 싶으냐, 어디에 가고 싶으냐고 물어도 전혀 본심을 말해주지 않아요. 아마 저를 배려해서 일부러 대답을 안 해주는 거겠지만……. 그래도 이번 기회에 원하는 게 뭔지 요구 사항을 확실히 들어두고, 나중에 엄마가 건강해져서 퇴원했을 때를 대비하고 싶어요……."

린은 과거 세계에서의 사건이 현실에 아무런 영향을 끼치지 않으니까 오히려 더 그런 일이 가능할 거라고 생각했다. 이 기회에 과거로 돌아가 후회만 털어내는 게 아니라 미래를 위해 참고할 정보를 얻으면 좋겠다고 느꼈기 때문이다.

"마치 산타클로스 같은걸? 어머니 몰래 최고의 선물을 준비하겠다 이거지? 정말 훌륭한 딸이야."

"그렇지 않아요. 효도도 별로 못 했는데 뭐가 훌륭한 딸이에요……."

고개를 절레절레 가로젓는 린에게 역무원은 말했다.

"그 겸손은 어머니를 닮은 것 같네."

"그, 그건……."

정말로 그 말은 어느 정도 적중했을지도 모른다. 어머니한테 요구 사항을 스스럼없이 물어보지 못하는 것역시 자꾸 망설이고 사양하려는 린의 태도가 원인이기때문이다.

하지만 린은 이제 과거의 분기점으로 가면 무엇이든 과감하게 밀고 나가자고 결심했다. 현실에서 아무 영향도 끼치지 않을뿐더러 그 정도는 자신도 얼마든지 할 수 있다. 그리고 과거로 돌아가 다시 시작하려는 판국에, 거기서까지 소심하게 군다면 아무런 의미도 없게 된다.

"최대한 주저하지 않도록 노력할게요."

"그게 좋을 거야. 아직도 '최대한'이라는 말이 붙어 있어서 걱정은 좀 되지만."

"그럼, 절대로 주저하지 않을게요!"

다시금 기합을 잔뜩 넣어 린이 외치자, 역무원은 작게 웃었다.

"당신은 사양만 하는 성격이 아니라 성실하기까지 한 것 같군, 안 그래?"

역무원은 그렇게 말하고 나서 린을 전철 안으로 에스코트하듯 이끌었다.

그리고 자리에 앉은 린 앞에 서서 마지막 설명을 했다.

"그럼 지금부터 돌아가고 싶은 과거를 강하게 염원하도록 해. 그러면 전철이 달리다가 터널을 빠져나간 후에는 염원했던 과거에 도착해 있을 테니까. 이곳으로 돌아오는 건 당신이 과거에서 원래 세계로 돌아가고 싶다고 생각했을 때 가능해. 자, 이제 준비는 됐어?"

"네."

마치 놀이동산의 롤러코스터가 출발하기 전에 듣는 안내 같은 느낌이었다. 그만큼 눈앞에 있는 이 역무원의 설명은 비일상적인 분위기를 자아냈다.

"좋아. 그럼 과거의 세계를 마음껏 즐기고 오도록 해."

그리고 역무원이 전철에서 내리기 직전, 다시 한마디를 보탰다.

"그리고 주저하지 않도록 하고."

그 말에 린은 단단한 눈빛을 보이며 고개를 끄덕였다. 차량에 린 혼자 남겨지자 전철의 문이 탁 닫혔다.

린은 강하게 염원했다.

─약 2년 전, 내가 구직 활동을 마친 그날로 돌아가고 싶어.

그때로 돌아가면 더 일찍 엄마를 병원에 모시고 갈 수 있을 것이다.

그러니 꼭 그 당시로 돌아가고 싶었다.

─덜커덩.

─덜커덩.

마호로시역을 출발한 전철이 터널을 빠져나가자 새하얀 빛 속에 휩싸였다.

그리운 냄새가 난다……

"된장국……."

엄마가 만든 된장국 냄새다.

"여긴……."

맛있는 냄새가 코를 자극하는 바람에 눈을 뜨니 침대 위였다. 그것도 오랜만에 눕는 본가의 침대. 부드러운 매트리스는 자취를 시작했을 때 산 것보다 훨씬 질 좋은 제품이다.

나는 방금 전까지만 해도 그 신기한 마호로시역에 있었다.

그런데 지금은 이곳에 있다.

"굉장하다……."

베개 머리맡에 둔 스마트폰 화면을 보고 정말로 내가 과거로 돌아갔음을 확신했다.

날짜는 구직 활동을 마친 바로 그날이었다.

내가 그토록 바라던 그 순간으로 돌아온 것이다.

어떻게 이런 일이 일어날 수 있는지 굳이 머리로 이해할 필요는 없을지도 모른다. 그 역무원의 말대로 그냥 그러려니 하고 받아들이면 된다. 이렇게 체험하게 된 이상 의심할 여지도 없다. 과거로 되돌아갈 수 있다는 말은 사실인 것 같으니까.

"······좋아."

상황을 확인하자마자 바로 행동으로 옮긴다. 침대에서 벌떡 일어나 주방으로 향했다.

나는 이 세계에서 꼭 해야 할 일이 있다. 엄마를 위해 할 일이 아주 많기에 이렇게 과거로 돌아온 거니까.

"엄마!"

엄마가 주방에서 아침 식사를 준비하고 있다. 된장국을 다 만들고, 그와 동시에 생선도 다 구운 모양이었다.

"어머, 아침부터 왜 그렇게 소리를 질러?"

엄마의 모습은 별다를 게 없었다. 그것도 당연한 일이다. 이때만 해도 아직 건강에 그 어떤 조짐도 보이지 않았을 시점이었다.

하지만 지금은 그런 것보다도 평소와 변함없는 그 표정을 보고 뭔가 속에서 울컥 치미는 게 느껴졌다.

나는 바로 이 아무렇지 않은 엄마의 얼굴을 제일 보

고 싶었구나…….

"엄마……."

다시 한번 중얼거리자 엄마는 아까보다 더 이상하다
는 표정을 지었다.

"너 왜 그래? 어디 아픈 데 있는 거 아니니?"

그 얼빠진 목소리에도 지금은 자꾸만 눈물이 날 것
같았다.

"……아니, 내가 아니라."

"뭐?"

이런 말을 갑자기 해봤자 지금의 엄마는 영문을 알
수 없을 것이다.

그리고 다음 말까지 꺼내면 엄마는 지금보다 더 의
아한 얼굴을 할 게 뻔하다.

그러나 지금 꼭 전해야 한다.

그렇지 않으면 이렇게 과거로 돌아온 의미가 없을
테니까…….

"……엄마, 병원 가자."

나는 솔직하게 그 말을 전했다.

그렇지만 그 말은 엄마한테 제대로 닿지 않았다.

"어? 병원? 너 진짜 어디 아픈 거야?"

엄마가 걱정스러운 표정으로 나를 봤다. 자기 건강

때문에 이런다는 건 조금도 생각 못 하는 눈치다. 물론 갑자기 그런 말을 들으면 이런 반응을 보이는 것도 어쩔 수 없다. 지금 엄마의 몸에 일어나는 일은 본인조차 느끼지 못하는 것이기 때문이다.

"……그게 아니라 엄마가 병원에 가야 한다고."

"나? 나는 아주 건강한데? 병원에 갈 필요 없어. 지금도 간 보느라 이것저것 잔뜩 먹었는데도 또 제대로 한 그릇 챙겨 먹을 생각이니까."

엄마는 그렇게 말하며 웃었다.

늘 이렇게 농담으로 내가 학교에서 안 좋은 일이 있을 때나 풀이 죽었을 때 날 웃게 해줬다. 하지만 지금은 그 말을 듣고 웃음으로 이 상황을 넘길 수는 없다. 여러 가지 일을 뒤로 미루고 엄마한테 마음 쓰는 것마저 잊은 바람에, 원래 세상에서는 엄마를 힘들게 하고 말았으니까…….

"……엄마, 정기 검진이라도 좋으니까 병원에 가서 이것저것 검사받는 게 좋을 것 같아."

나는 내 뜻이 잘 전해지길 바라는 진지한 눈빛으로 엄마를 바라봤다.

그리고 말을 이었다.

"……제발 부탁이야, 엄마."

이제는 머뭇대고 있을 수 없었다.

엄마의 표정이 서서히 변하는 게 보였다.

"린⋯⋯."

엄마 역시 진지한 표정으로 나를 쳐다봤다.

내 간절한 마음이 엄마의 가슴에 닿은 것 같다.

"⋯⋯알았어. 그래, 병원 갈게."

엄마는 그렇게 말한 후, 작게 고개를 끄덕였다.

"엄마⋯⋯."

"그래도 잠깐만⋯⋯."

엄마는 그 말을 하고 내 앞으로 손을 내밀더니 이번에는 된장국 냄비 안의 국자를 쥐었다.

"우선 밥부터 먹자."

그런 말을 하며 엄마는 미소를 지었다.

"종합 정밀 검사를 받을 거라면 준비도 해야 하잖아. 다음 주에 바로 받을 수 있도록 예약해 놓을게."

그리고 익숙한 솜씨로 국그릇에 된장국을 덜었다.

내 방으로 흘러 들어오던 것보다 그 냄새는 더욱 진하게 풍겼다.

⋯⋯엄마가 시키는 대로 된장국이 담긴 그릇을 받아 들고 바로 의자에 앉았다.

엄마가 이 자리를 모면하려고 그냥 알았다고 대답한

게 아님은 알고 있었다. 엄마는 그런 거짓말은 하시 않는다. 나와의 약속은 꼭 지키는 사람이니까.

"자, 여기. 식기 전에 어서 먹어."

엄마가 식탁 위에 요리를 차려낸다. 흰 쌀밥에 된장국, 그리고 생선구이, 시금치 무침. 나한테는 아주 이상적인 아침 식사 그 자체였다. 혼자 자취하면서부터 이런 아침밥은 아직 한 번도 차린 적이 없다. 그렇지만 엄마는 내가 어릴 때부터 항상 제대로 된 아침 밥상을 차려줬다. 엄마도 일하러 나가느라 평소에는 지금의 나처럼 시간이 별로 없었을 텐데.

"……잘 먹겠습니다."

제일 먼저 된장국에 입을 댔다.

맛국물의 향기에 맞춰 농후한 된장 맛이 입안에 확 번진다.

"……맛있다."

나도 모르게 중얼거렸다.

그리움까지 더해진 그 맛은 어쩐지 특별한 느낌마저 들었다.

"그래? 다행이다. 평소랑 똑같이 했는데."

"……평소랑 똑같은 게 제일이지 뭐."

그 평소라는 것을 한순간에 잃게 될 수 있으니 말이다.

요즘 나는 그 사실을 통감하고 있어서 더더욱 그런 생각이 들 수밖에 없었다.

그 무엇과도 바꿀 수 없는 평소의 일상…….

"……정말로, 맛있어."

조금이라도 마음을 놓으면 눈물이 넘칠 것 같아서, 아까와 똑같은 말을 다시 한번 중얼거렸다.

"……정말로 평소랑 똑같이 한 건데."

기쁜 표정을 지으며 엄마는 내 흉내를 내듯 농담조로 말하며 웃었다.

역시 평소와 똑같은 게 제일임을 다시금 느꼈다.

그리고 종합 정밀 검사를 받게 됐는데, 결과는 역시나 예상대로였다. 질병을 초기 단계에 발견한 덕분에 당일 내시경 검사로 바로 절제 시술에 들어갔다. 수술은 그것만으로 끝나서 입원할 필요도, 마취까지 해야 하는 대규모 수술도 없이 마무리됐다.

현실에서는 그 부위의 병이 진행되어 입원에 수술까지 하게 됐지만, 일찍 검사를 받은 덕분에 확실히 좋은 결과가 생겨났다. 처음에 엄마는 뜻밖의 내시경 절제 시술 때문에 다소 침울해 보였지만, 불행 중 다행인 상황이어서 병원을 나선 후에는 표정이 한결 밝게 변해 있었다.

"네 말대로 일찍 병원에 오길 잘했다."

가슴을 쓸어내리며 그렇게 말한 엄마를 보고 나도 웃으며 대답했다.

"그러게. 정말 다행이야. 이제 좀 마음이 놓이네."

"네 덕분에 목숨을 건졌는걸?"

엄마는 농담처럼 말했지만, 나는 그 말을 듣고 현실이 떠올라 오히려 가슴이 아팠다.

현실에서도 이렇게 일찍 검사를 받으러 왔다면 엄마 몸에 가해질 부담도 줄었을 텐데…….

평소부터 엄마한테 신경을 쓰고, 일찍 정기 검진을 권했어야 했다. 이미 엎질러진 물이긴 하지만, 역시 엄마를 더 일찍 병원에 데리고 가지 못했던 점은 깊은 후회로 가슴 속에 남아 있었다. 혹시라도 현실 세계의 엄마한테 수술 후 건강 이상으로 질병이 악화하기라도 한다면…….

"……린, 너 괜찮아? 이제 걱정할 것 없대."

"아, 아니, 그게…….."

엄마가 내 얼굴을 들여다보며 말했다. 머릿속 상념이

얼굴에 그대로 다 드러난 모양이다.

나는 바로 표정을 갈무리하며 다른 질문을 하기로 했다. 이렇게 과거로 돌아온 이유는 또다시 후회하기 위함도. 엄마한테 일찍 병원 검사를 받게 하기 위함도 아니다.

엄마한테 물어보고 싶은 게 아주 많았기 때문이다.

"그, 그러고 보니 엄마. 뭐 먹고 싶은 거 없어?"

"먹고 싶은 거? 갑자기 왜 그래?"

"갑자기라니! 나 계속 궁금했단 말이야!"

"아까부터 심각한 표정으로 그 고민을 했던 거니? 하여간 먹는 욕심은……."

엄마가 내가 먹는 욕심이 많아서 이러는 줄 아는 것도 뜻밖의 일이었지만, 어쨌든 화제를 돌리는 데는 성공한 것 같다. 엄마가 원하는 것을 묻기에는 지금 이 순간이 제일 적절한 타이밍일 터였다.

"완치 기념으로 축하해야지. 맛있는 거 먹고 집에 들어가자. 내가 살게."

"뭘 그렇게까지. 오히려 엄마가 우리 딸한테 취직 축하로 맛있는 걸 해줘야 하는데."

역시나 엄마는 또 조심스럽게 사양했다. 그렇지만 나도 여기서 물러설 수는 없다. 그 역무원과 약속했으니까. 그리고 평소에 이런 말을 하면 엄마는 내 제안을 받아들이려 하지 않겠지만, 완치 기념이라는 호기가 오히려 등을 떠밀어줬다.

"완치 축하가 먼저야! 엄마, 뭐 먹고 싶은 거 없어? 축하하는 자리니까 고급스러운 거 먹어도 돼."

"에이, 갑자기 그런 말을 하니까 생각이 안 나네. 그냥 아무거나 먹어도 돼."

"아무거나는 안 돼! 완치 기념이니까!"

이번에는 나도 대담하게 밀고 들어갔다. 이곳이 현실이 아닌 과거의 세계라서 그런지 내 뜻을 더 강하게 밀고 나가기가 쉬웠다. 그리고 여기서 엄마가 원하는 게 뭔지 확실히 알아놓아야만 원래 세계로 돌아갔을 때 효도에 보탬이 될 수 있다. 엄마를 위해서라도 이 귀한 시간에 후회만 하다가 끝내서는 안 된다.

"일식, 양식, 중식, 이탈리아 요리나 아니면 프랑스 요리? 선택지는 다섯 개니까 제대로 골라야 해."

"으음, 일식으로 하지 뭐."

"그럼 역시 초밥이지?"

"초밥을 좋아하긴 하지만 비싸잖아. 그냥 주먹밥 먹자."

"주먹밥은 나도 좋아해. 그래도 축하하는 자리에는

고급 초밥이 더 낫지!"

"그럼 고급이 아니어도 돼. 주먹밥과 초밥의 차이라곤 속 재료가 안에 있는지 위에 얹혔는지 그뿐이잖아."

"어쨌든 초밥이야! 속 재료를 위에 얹는 걸로! 축하하는 거니까 이걸로 결정!"

엄마는 초밥 요리사가 들으면 기절초풍할 발언을 마구 내뱉었지만, 나는 무작정 내 뜻을 밀고 나갔다. 이럴 때 내가 강하게 치고 나가야 한다. 돈도 아르바이트하면서 모아놓은 걸 쓰면 된다. 병이 나은 걸 축하하는 자리니까 엄마에게 좋은 음식을 대접하고 싶다. 그리고 엄마가 원하는 것이 뭔지 더 많이 알고 싶었다.

"어디 가고 싶은 데는 없어? 이참에 다 알려줘. 텔레비전에서 봤던 가게라든가."

"쓰키지 쪽에 맛있는 오야코동을 파는 덮밥 가게가 있다고 해서 가보고 싶은데……."

"좋아, 거기도 가자. 그것도 결정!"

"왜 자꾸 네 마음대로 정해? 너 언제부터 이렇게 독불장군이 다 됐니?"

평소와 같은 엄마의 자잘한 타박을 들은 후, 나는 엄마의 팔을 이끌고 걸었다.

"앗, 잠깐, 린! 얘도 참."

이런 식으로 엄마랑 팔짱을 끼고 걷는 것도 참 오랜만이다.

원래 세계로 돌아가서도 기회가 온다면 이렇게 엄마랑 팔짱을 끼고 걷고 싶다. 수술한 지 얼마 안 되어서 걱정된다고 하면, 그게 핑곗거리도 되고 엄마도 부끄러워하지 않고 받아줄 것 같다.

그리고 그때는 고급 초밥이든 맛있는 오야코동이든 얼마든지 먹으러 갈 것이다.

그 예행연습으로 지금 이 과거 세계 속 시간을 즐겨야겠다.

그렇게 하면 원래 세계로 돌아가더라도 분명 좋은 일이 기다리고 있을 거라는 생각이 들었다.

더는 식사 제한도 할 필요 없다는 의사의 허락을 받고 나서, 우리는 여러 곳으로 식사를 하러 다녔다. 처음에 간 곳은 고급 초밥집, 그 후에는 인기 많은 프랑스 요리도 먹으러 갔다. 그곳 요리도 너무나 맛있었지만, 엄마와 나는 함께 공원에 가서 먹은 참치마요 주먹밥이나 격식 차리지 않고 먹을 수 있는 동네의 작은 양식

집 오므라이스도 만만치 않게 맛이 좋다고 느꼈다. 그리고 그 이후에 엄마가 말했던 쓰키지에 있는 오야코동 덮밥집에도 갔는데, 가격도 괜찮고 맛도 있어서 우리 둘이 제일 만족스러웠던 가게가 됐다.

엄마와 함께 외출하는 건 외식 때만이 아니었다. 쇼핑몰로 함께 쇼핑도 갔다. 엄마에게 어울리는 여름용 얇은 하늘색 카디건을 사주자 엄마는 크게 기뻐했다.

원래 현실 속에서도 함께 밥을 먹으러 가긴 했지만, 이렇게 매일같이 여러 곳을 다니고 놀러 다니는 일은 없었다. 나도 순수하게 이 시간을 즐겼다. 과거에 내가 선택하지 않았던 세계라고 하더라도 엄마가 기뻐하는 모습을 가까이에서 보니 너무나도 행복했다.

그리고 종합 정밀 검사를 받고 몇 개월 후, 나와 엄마는 둘이서 아예 자고 올 요량으로 온천 여행을 떠났다.

"이렇게 좋은 곳에 데리고 와주고, 린. 정말 고맙다."

엄마는 온천물에 몸을 담그면서 기쁘게 웃으며 말했다. 그런 엄마의 표정을 보기만 해도 이렇게 둘이 여행 오기 참 잘했다고 생각했다.

"밥도 맛있었어. 나는 그 달걀말이가 너무 맛있더라."

"후후, 넌 여전히 달걀 요리를 좋아하는구나."

"그러게. 정말 그런 것 같아."

오므라이스, 오야코동, 달걀말이. 정말로 내가 좋아하는 메뉴는 달걀 요리뿐이었다.

"하긴 너 고등학교 다닐 때 도시락에도 달걀말이는 꼭 넣어달라고 할 정도였으니까."

"달달하게 한 달걀말이 말이지? 그거 내가 제일 좋아하는 거야."

"네가 처음으로 만들어준 요리도 달달한 달걀말이였지?"

"엄마. 그런 것까지 기억하고 있는 거야?"

그러고 보니 내가 어릴 때 처음으로 엄마한테 해준 요리는 제일 간단한 달걀프라이가 아니라 달걀말이였다. 아마 네모나고 작은 달걀말이 전용 프라이팬이 귀엽게 보여서 그랬었나 보다. 마치 애니메이션에 나오는 신기한 마법의 물건처럼 보여서 그걸 꼭 한번 사용해 보고 싶었다. 그리고 엄마가 달걀말이를 만드는 모습을 옆에서 보는 것도 참 좋았다. 달걀을 몇 장씩 겹치며. 마치 카디건을 걸치는 것처럼 둥그스름하게 돌돌 말리는 달걀말이를 보는 게 재밌어서 나도 만들어보고 싶었기 때문이다.

우리 집에서 만드는 달걀말이는 늘 맛이 달달했다.

엄마가 만드는 달걀말이에는 설탕이 들어가 있었던 까닭이다. 그래서 나도 자연스럽게 달콤한 맛이 나는 달걀말이를 만들게 됐다.

"……그럼 다음에는 외식이 아니라 내가 집에서 뭐 맛있는 거라도 만들어줘야겠네."

"어머나, 그거 좋지. 요즘 하도 맛있는 것만 먹어서 그런지 내 혀가 고급이 됐는데, 네가 별 다섯 개를 받을 만한 요리를 할 수 있으려나 몰라?"

"어휴, 미식가가 다 되셨네요."

우리 둘 사이에 아하하, 하고 웃음꽃이 확 피어났다.

다른 이용자가 없어서 지금은 마치 탕을 전세라도 낸 것 같았다.

"……어쨌든 정말 기쁘다."

아까까지만 해도 웃음기 서린 농담조로 말하던 엄마가 갑자기 차분한 분위기로 말했다.

그 갑작스러운 태도 변화에 나는 얼른 엄마 쪽을 쳐다봤다.

그리고 엄마는 부드럽게 웃으며 말을 이었다.

"네 덕분에 이렇게 건강하게 지내잖니. 그리고 계속 네가 곁에 있어서 지금도 이렇게 웃으며 지낼 수 있고."

이번에는 엄마가 나를 향해 미소를 지으며 말했다.

"……네가 어릴 때 엄마가 이혼했잖아? 그때 나 혼자 있었다면 지금 어떻게 됐을까. 우리 딸이 곁에 있어서 엄마는 얼마나 행복했는지 몰라. 이번에 병이 나은 것만이 아니라 다른 것도. ……그러니까 고마워, 린."

"엄마……."

엄마가 갑자기 그런 뜻밖의 말을 할 줄은 몰랐다.

온천물이 끓어오르는 것처럼 내 가슴 속에서도 뜨거운 것이 왈칵 솟아올랐다.

그리고 나는 그게 눈물이 되어 눈동자에서 흘러넘치는 것을 도저히 막을 수가 없었다.

─너무 기뻤으니까.

내가 곁에 있어서 엄마가 많이 행복했다는 말이 참으로 기뻤다.

"얘가, 뭘 울고 그러니?"

내가 눈물을 흘리자 엄마는 짐짓 아무것도 모르는 척했다.

지금은 그렇게 엄마가 얼버무려줘서 오히려 다행이었다.

이 눈물 속에 여전히 후회의 의미도 담겨 있었으니까……. 원래 세계에서도 나는 엄마와 지금처럼 시간을 보낼 수 있었을 터였다.

엄마를 더 일찍 구할 수 있었을 것이다.

다시금 엄마를 일찍 병원에 모시고 가야 했다는 생각이 든다.

이제 과거는 어떻게 해서도 바꿀 수 없지만…….

"……눈에 온천물이 들어가서 그래."

그런 기쁨과 후회가 복잡하게 얽힌 눈물을 흘린 후, 나는 엄마의 센스만큼은 아니지만 우스갯소리로 변명했다.

숙소에서 자고 다음 날 아침에는 곧바로 관광지를 돌아다녔다. 그사이에도 대화가 끊기는 일이 없어서 이대로 평온한 시간이 계속 이어지면 좋겠다는 생각마저 들었지만, 나 역시 언젠가 현실로 돌아가야 한다는 건 잘 알고 있다.

그리고 원래 세계로 가서도 이런 나날을 꼭 다시 보내자고 마음먹었다.

엄마가 퇴원해서 건강해진 후에 지금처럼 웃는 시간을 보내고 싶었다.

이런 식으로 내 마음을 똑바로 마주하고 긍정적으

로 생각할 수 있게 된 것만 해도 과거로 온 가치는 있는 것 같다.

언제든 현실 세계로 돌아갈 준비는 되어 있다. 이제 내 결심에 따라 현실로 돌아가고 싶다고 강하게 바라고 마호로시역으로 돌아가는 일만 남았다.

그래서 나는 지금 타고 있는 버스가 근처 역에 도착해서 온천 여행이 끝나면, 원래 세계로 돌아가게 해달라고 빌 결심을 했다.

이 온천 여행을 과거 세계 속에서의 마지막 날로 남길 셈이었다.

"……이번 온천 여행이나, 지금까지 여러 곳을 다니며 맛있는 음식을 먹고 다닌 것 모두 어땠어?"

그런 결의가 드러난 것일까. 나는 지금까지 일을 총정리라도 하듯 옆에 앉은 엄마에게 물었다.

"매일이 즐거웠지. 꼭 놀이동산에 간 것처럼 기분이 잔뜩 들떠 있었으니까."

엄마가 그렇게 대답했다.

버스는 산길을 계속 달리고 있다. 이리저리 굴곡진 귀갓길을 착실히 나아가는 중이었다.

"놀이동산 같았다고? 엄마도 그런 멋진 말을 다 하네……?"

그렇게 대꾸하면서 나는 문득 알아차린 사실이 있었다.

엄마가 평소 하는 말치고는 좀 특이한 예를 들었기 때문이다.

"……혹시 엄마. 놀이동산 좋아해?"

"어? 아. 그건……"

엄마가 뜨끔한 표정을 지었다.

그 단어는 전에 어디 가고 싶은 곳이 없냐고 물었을 때도 전혀 등장하지 않았던 것이었다.

"응. 사실 나 그런 곳 좋아해. 굳이 놀이기구를 안 타더라도 그런 분위기가 좋잖아? 비일상적인 세상 속에서 맛보는 행복이라고나 할까……"

"그랬구나……"

처음 듣는 소리였다.

어쩌면 어릴 때부터 내가 놀이동산에 별다른 감흥을 보이지 않아서 그런 걸지도 모른다. 사실 난 고속으로 움직이는 놀이기구가 무서워서 그런 장소를 피했다.

그래도 놀이동산의 분위기 자체는 나도 좋아한다. 비일상적인 세계를 즐길 수 있으니까.

그리고 엄마가 좋아한다고 하니 더더욱 나도 이제 꼭 가고 싶은 장소가 됐다.

"……그 말, 잘 기억해둘게."

이런 정보를 얻을 수 있었던 것 역시 또 다른 선택지로 이어진 과거 세계로 온 덕분이다.

아마 원래 세계에서 막 퇴원한 엄마한테 가고 싶은 곳이 있냐고 물어도 분명 놀이동산이라는 단어는 나오지도 않을 게 뻔하다.

그렇기에 언젠가는 꼭 엄마랑 같이 놀이동산에 가야겠다는 마음이 들었다. 물론 엄마가 무사히 퇴원하고 어느 정도 건강을 되찾은 후가 되겠지만.

"……엄마, 고마워."

그리고 나는 어제 온천탕 안에서 우느라 하지 못했던 말을 여기서 제대로 입에 올렸다.

이 과거 세상 속에서 엄마와의 작별이 가까워지고 있음을 느꼈으니까.

"어머. 얘가 갑자기 왜 이래?"

"……갑자기는 무슨. 너무 늦었다고 해도 될 정도라고."

그리고 이 말은 원래 세계로 돌아간 후에도 반드시 해야 했다.

고마워, 라고 내 마음을 전하자.

문득 떠오른 겨우 이 세 글자짜리 말도 쉽게 전하지 못할 때가 있다.

그때는 후회해도 늦는다.

그 누구도 과거를 바꿀 수는 없으니까……

"……엄마와 이렇게 좋은 시간을 보내서 참 기뻐. 그러니까 앞으로도 건강해야 해."

"……웬 에어컨 바람이 눈을 시리게 하네."

그렇게 말하며 엄마는 눈가에 손을 댔다.

엄마는 농담조로 말했지만, 진짜로 눈물이 나오는 바람에 이제 더는 농담처럼 보이지 않았다.

그렇게 따지자면 지금 내 눈에서 넘쳐나는 것도 차갑게 스며든 에어컨 바람 때문에……

"……정말 고마……."

다시 한번 내가 말하려던 순간이었다.

―끼이이이익!

귀가 찢어질 듯한 급브레이크 소리가 주변을 울린다.

그러더니 차체가 공중으로 붕 뜨는 것처럼 기울었다.

나는 순간 무슨 일이 일어났는지 알 수가 없었다.

그렇게 느낀 건 나만이 아니라, 버스에 타고 있던 승객 모두가 그랬을 것이다.

시야가 슬로모션처럼 변하면서 내 몸이 마치 내 것이 아닌 것처럼 얼어붙어 움직일 수가 없었다.

목소리도 나오지 않는다.
숨도 쉴 수 없다.

버스 안팎이 엄청난 충격으로 일제히 폭발하며 터졌다.

…….

…………..

─어서 들것 좀 가지고 와!

─여기 의식이 있어!

─괜찮아요? 정신 들어요?

"아. 아아……."
내가 의식을 되찾은 건 눈앞에 구급대원들이 나타났을 때였다.

얼마나 시간이 지났는지 알 수가 없다.

안 그래도 조금 전까지 시야의 모든 게 슬로모션처럼 움직였는데, 지금은 눈이 핑핑 돌 정도로 정신없이 움직이고 있었다.

마치 남의 일처럼 주변만 움직이는 세상.

나는 손가락 하나 까딱할 수 없는 상태인데, 눈앞의 상황만 비정상적일 정도로 빙글빙글 변했다.

간신히 머리를 움직였다.

그러자 몸의 감각이 다시 이어지는 느낌이 들면서, 지금 내가 땅바닥에 손을 짚고 있음을 깨달았다.

그리고 나서야 조금 전 무슨 일이 일어났는지 파악했다.

사고였다.

대형 버스 사고가 일어났다.

눈앞의 현상을 이해함과 동시에 엄마의 모습을 찾았다.

아까까지 내 옆에 있었던 엄마.

단 한 사람, 사랑하는 우리 엄마.

그리고 찾았다……

"이럴 수가……"

내가 있는 위치에서 조금 떨어진 곳에 엄마가 보였다.

"아, 아아……."

엄마는 축 처진 채 움직이지 않는다.

"엄마……."

머리에서 피가 흐르고 있었다.

"안 돼애애애애!"

…….

………….

구급대원이 옮기는 들것 위에서 나는 어떤 일을 기억해 냈다.

오늘은 바로 그날이다.

―병실의 텔레비전에서 봤던 관광버스 참사일.

정확히 2년 전의 그날이 바로 오늘이었다.

나와 엄마가 그 사고에 휘말리고 말았다.

다시 말해서 나는 이른 치료를 통해 건강해진 엄마와 함께 여행에 나섰다가 이 사고를 당했던 것이다.

―어떻게 이런 일이 있을 수 있지?

일찍 병원에 가야만 엄마가 오래 살 수 있을 거라 생각했다.

엄마가 언제까지든 계속 건강하게 내 곁에 있을 거라 생각했다.

하지만 그렇지 않은 모양이다.

상상도 못 했다.

과거의 그 분기점에서 현실과 다른 선택지를 고른 것만으로 이런 일이 벌어지다니…….

○

린은 마호로시역으로 돌아왔다.

현실 세계에서 린의 몸은 조금도 다치지 않았다.

이 사고는 다른 선택지 속 세상에서 벌어진 것이니 당연하게도 현실에 관여하는 일은 조금도 없었다.

하지만 그래도 린은 큰 충격을 받고 말았다. 정신이 멍해서 당장 아무 말도 입에 올리지 못했다.

이런 일이 벌어질 줄은 전혀 상상하지 못했으니까…….

"……괜찮아?"

역무원이 눈앞에 나타나 걱정스러운 얼굴로 물었다.

그 말에 린은 쉽게 '괜찮다'라고 대답할 수가 없었다.

지금 방금 일어난 일을 머릿속에서 정리하는 것도 겨우 했으니 말이다.

"……어떻게 이런 일이 생길 수 있죠?"

나직이 흘러나온 그 말에 역무원도 차마 아무런 대답을 할 수가 없었다.

"……그건 알 수 없어. 이 세계에서 생기는 일마다 받아들일 만한 이유가 붙어 있는 건 아니니까."

그리고 역무원은 말을 이었다.

"……다만 거기에 발생한 사실만 남을 뿐이지."

"발생한 사실만 남는다……."

"그래, 당신이 어머니를 병원에 모시고 가는 게 2년이 아니라 지금 타이밍이 된 덕분에 결과적으로 어머니는 목숨을 구할 수 있었던 거야."

"그럴 수가……."

그런 일은 있을 수가 없다고 생각했다.

더 일찍 병원에 모시고 가야만 엄마가 오래 살 수 있을 줄만 알았다.

그러나 아니었다.

그때 일찍 병원에 가서 병이 나은 기념으로 축하 여행을 떠났더라면 그 버스 사고를 당했을 테니까…….

"물론 2년 전에 어떤 계기로 병원에 갔지만, 병이 나았어도 여행을 안 갔을 선택지도 있겠지. 그러니까 이건 어디까지나 가능성, 여러 선택지 중 하나의 이야기일 뿐이야. 그렇지만 그 수많은 선택지 중에서 지금 당신이 어머니를 구한 것 역시 사실이지."

"……그런 말씀을 들어도 전 이제 뭐가 좋은 건지, 나쁜 건지 알 수가 없게 됐어요. 병원에만 일찍 엄마를 모시고 가면 좋은 결과만 있을 줄 알았어요……. 뒤늦게 알고 수술이 늦었던 바람에 오히려 나쁜 일만 생겼다고 생각했는데……."

린은 토해내듯 말했다. 정말로 진심으로 그렇게 느꼈기 때문이다.

대체 뭐가 어떻게 됐는지 알 수가 없었다.

난 어떻게 하면 좋았을까…….

"뭐가 좋은 선택인지 알기는 매우 어려울 거야……. 그때야말로 좋은 기회라고 생각했던 게 나중에 가서 나빠질 때가 있고, 반대로 안 좋다고 생각한 순간이 이후에 가서 좋아질 때도 있으니까. 어쩌면 매 순간 벌어지는 좋고 나쁨도 우리가 마음대로 결정하는 것일지도 모르지……."

그렇게 말하며 역무원은 린에게 어떤 질문을 던졌다.

"……'인생사 새옹지마'라는 속담 알아?"

"……들어본 적 있어요."

"……그럼 좀 더 자세히 설명해줄게."

린이 그 말에 고개를 끄덕이자, 역무원은 드문드문 이야기를 시작했다.

"……한 노인이 기르던 말이 도망쳤을 때, 주변 사람들은 '나쁜 일이 일어났다'라고 생각했지만 노인은 '어쩌면 좋은 일이 생길지도 모른다'라고 말했어. 얼마 후, 그 말이 발 빠른 다른 말을 데리고 돌아온 덕분에 노인의 말대로 정말 좋은 일이 생겼던 거야. 그래서 이번에는 주변 사람도 기뻐했지만, 다시 노인은 '어쩌면 나쁜 일이 생길지도 모른다'라고 말했지. 그 후에 노인의 아들은 그 말에서 낙상하여 뼈가 부러지는 사건이 생겨. 이걸 본 노인은 다시 '좋은 일이 생길지도 모른다'라고 했어. 정말 그 말대로 그 후에 터진 전쟁 때문에 주변 남자들은 징집되어 군으로 끌려갔지만, 노인의 아들은 골절 덕분에 병역이 면제되어 목숨을 건졌다는 이야기야. ……이번에 겪은 당신의 일과 비슷한 것 같네."

"정말 그럴지도 모르겠네요……."

린은 설명을 듣고 그렇게 생각했다.

병을 늦게 발견한 건 나쁜 일이라고만 여겼다. 그러나 발병 사실을 나중에 알게 된 게 결과적으로는 사고를 피하게 했다.

그래도 이 모든 것을 쉽게 이해하고 받아들일 수는

없었다.

"……하지만 그럼 어떻게 하라는 거예요? ……좋은 결과가 생길지 나쁜 결과가 생길지 알 수도 없는데 뭘 어쩌겠어요? 병원에 가든 안 가든 어느 쪽이든 상관없는 일이었고, 여행을 가든 안 가든 다 괜찮다는 거잖아요. 무슨 일이 일어나도 인간사 새옹지마니까, 이제 앞으로 무슨 일이 생겨도 신경 쓰지 말고 있는 그대로 받아들이며 살라는 뜻인가요?"

"아니, 그건 아니야."

"네?"

뜻밖의 대답이 돌아오자 린은 눈을 동그랗게 떴다.

"……그게 무슨 소리예요?"

역무원은 또렷한 어조로 대답했다.

"어떤 안 좋은 일이 일어났을 때 '인간사 새옹지마'라는 말 덕분에 힘을 얻을 수 있다면 그걸로 충분해. 하지만 그렇다고 해서 만사를 신경 쓰지 말고 그냥 받아들이라는, 그런 얼토당토않은 이야기는 아니지. 왜냐하면 우린 평범한 사람이잖아. 그러니 매일 눈앞에 벌어지는 일에 풀도 죽고 끙끙 고민하기도 하지. ……하지만 난 그래도 괜찮다고 생각해. 그저 우리는 좋은 일도, 나쁜 일도 그 자리에서 일희일비하면서 일상을 보

230

내기만 하면 돼. 그렇게 조금씩 앞으로 나아가는 것도 삶의 한 방식 아닐까?"

"그 자리에서 일희일비하면서…… 조금씩 앞으로 나아간다……"

린은 그 말을 반추하며 곱씹어봤다.

정말 그런 것일지도 모른다.

인생사 새옹지마라며 모든 일을 그냥 받아들일 수는 없다.

인간이기에 자꾸만 일희일비하게 된다.

그러니 언제까지나 후회를 품고 사는 것도 어쩔 수 없는 일이리라.

현실 세계에서 과거를 되돌릴 수도 없는 노릇이고, 이 마호로시역에서 과거로 돌아가 본들 무엇 하나 바꿀 수 있는 것도 아니다.

그러니 앞을 보며 조금씩 나아갈 수밖에 없다.

물론 아무리 애를 써도 앞을 보는 게 괴로울 때도 있겠지만…….

"그럼 앞을 보는 게 힘들 때는 어떻게 해야 좋을까요……?"

린은 마음속에 솟아난 물음을 또르르 흘리듯 던졌다.

그러자 역무원은 머뭇거리는 기색 없이 이렇게 말

했다.

"그럴 때는 뒤로 돌면 되지."

"네?"

그 대답은 린에게 너무나도 의외였다.

하지만 그 말은 거기서 끝이 아니었다.

"뒤로 몸을 돌린 채 뒤로 걸어가면 돼."

그 말을 들어도 뜻을 좀처럼 이해할 수가 없었다.

그러나 시험 삼아 뒤를 돈 다음에 뒤로 걸어가본 린은 작게 탄성을 내질렀다.

"……앞으로 가고 있네?"

정말 그랬다.

뒤를 돈 상태로 뒤쪽을 향해 나아가니 앞을 향해 전진하는 것과 마찬가지였다.

마치 마이너스를 뺄셈식에 넣을 때 플러스가 되는 것처럼.

"그렇지? 다 그런 거야. 그것도 또 하나의 삶의 방식이지."

역무원은 그렇게 말하며 웃었다.

저도 모르게 린도 따라 웃음을 터트렸다.

─뒤를 돌아 그대로 뒤로 걸어간다.

린은 지금 알게 된 그 말이 가슴 속에 아주 소중한 것으로 자리 잡은 기분이 들었다.

인간사 새옹지마라는 속담과 함께 그 말 역시 언제든 마음에서 꺼낼 수 있도록 저장해두고 싶다.

"……역시 당신은 멋진 말을 지어낼 줄 아는 분이네요."

"……그게 내 일의 일부이기도 하니까."

역무원이 수줍게 미소를 짓자 린도 함께 웃었다.

○

린이 현실의 일상으로 돌아온 지 2주일 후, 엄마는 무사히 퇴원을 하게 됐다. 수술 경과는 아주 좋았고, 이후 진찰에서도 특별한 문제가 없어서 의사한테서도 "앞으로 1년에 한 번 정기 검진만 받아도 됩니다"라는 진단 결과까지 받았다.

물론 걱정이 완전히 사라진 건 아니었다. 그래서 린은 지금도 엄마와 보내는 시간을 더욱 소중히 여기는 중이다.

일하다가 짬을 내어 엄마와 함께 새롭게 생긴 양식집에 보슬보슬한 오므라이스를 먹으러 가기도 하고,

쓰키지에 있는 오야코동 덮밥을 먹으러도 갔다.

　―그리고 오늘은 완치 기념 3탄으로 둘이서 그렇게 가고 싶었던 놀이동산으로 향했다.

　"린, 자, 어서 가자!"

　평소에 타던 소부선이 아니라 게이요선을 타고 마이하마역에서 내리자, 어머니는 마치 십 대 소녀 같은 발걸음으로 내달렸다.

　"잠깐만, 엄마!"

　린도 소리치며 엄마의 뒤를 따라갔다.

　그리고 다 따라잡았을 때쯤 엄마의 팔을 붙잡았다.

　"아이참, 그렇게 혼자 막 가버리면 엄마 길 잃는단 말이야!"

　"어머, 내가 어린애인 줄 아니? 그래도 오랜만에 이런 것도 참 좋다."

　팔짱 낀 팔을 바라보며 엄마가 웃었다.

　"그러게, 나쁘지 않네."

　린도 기쁘게 웃는다.

　꿈의 왕국은 벌써 코앞까지 다가왔다.

　"그럼 어디 한번 가볼까!"

　그리고 엄마와 딸 두 사람은 서로 행복하게 팔짱을 낀 채 앞으로 향해 달려나갔다.

제 V 화

만약 그때 ⋯⋯

"여기가 마호로시역이구나……."

가쓰라기 신이치는 마호로시역에 도착하자마자 그렇게 말했다.

그 말에 눈을 동그랗게 뜬 사람은 바로 플랫폼에서 기다리던 역무원이었다.

"……당신은 마호로시역을 알고 있었나요?"

역무원은 놀라움을 감추지 못한 채 가쓰라기에게 물었다.

"그래, 그저 도시의 전설 같은 뜬소문에 불과해 보였지만. 과거로 돌아가 어떤 일을 간절하게 다시 하길 바랄 정도의 강한 후회를 가진 사람이 소부선 전철을 타면 여기에 도착하는 거 아니야? 몇 번이나 시도해도 여기에 올 수 없었는데, 드디어 도착한 모양이네⋯⋯."

그토록 바라던 장소에 왔는데도 가쓰라기의 표정에서 미소는 찾아볼 수가 없었다.

역무원은 그의 말에 추가로 설명을 더했다.

"⋯⋯이 마호로시역에 올 수 없었던 건 여러 개의 조건 때문이었을 거예요."

"조건이 여러 개라고?"

"네, 이곳에 도착하려면 과거로 돌아가 어떤 일을 다시 할 수 있으면 좋겠다고 바랄 정도의 강렬한 후회를 품는 것뿐만이 아니에요. 보름달이 뜨는 밤, 그리고 신코이와역과 히라이역 사이, 즉 아라카와와 나카가와, 두 강 위에 걸친 다리를 건너야 한다는 조건도 있거든요."

"그런 세부적인 조건도 있었군? 어쩐지 오기 쉽지 않더라니⋯⋯."

그렇게 말하며 가쓰라기는 하늘을 올려다봤다.

정말로 하늘에는 보름달이 떠 있었다.

"보름달이 뜬 밤이라⋯⋯. 그런데 달빛까지 조건에 포함되어 있다니 어쩐지 동화 같다고 해야 하나."

"⋯⋯소문에 의하면, 달빛만이 아니라 히라이역 쪽 강변에 있는 느티나무의 힘도 관련이 있다고 해요."

"느티나무?"

240

역무원의 말에 가쓰라기도 머릿속으로 그 광경을 떠올렸다. 선로 쪽에서 보면 강의 상류에 해당하는 장소, 강 바로 옆에 멋들어진 느티나무가 있다. 거대한 크기로 인해 마치 영험한 기운이라도 서려 있을 것 같은 나무로, 그 모습은 전철에서도 잘 보였다.

주변에 벚꽃이 피어 있던 초봄에 비해 지금은 잎도 무성해져 더욱 존재감을 과시하는 나무다.

그렇지만 역무원의 말투는 마호로시역에 이르는 조건들에 대해 완전한 확신이 있는 건 아닌 듯했다.

"'소문에 의하면'이라고⋯⋯?"

가쓰라기는 그렇게 중얼거리고 나서 고개를 작게 가로저었다.

그런 사소한 일은 아무래도 좋았다. 드디어 그렇게도 바라던 장소에 도착했으니까⋯⋯.

"⋯⋯달빛이든 느티나무의 힘이든 뭐든 좋아. 여기에 오면 과거로 돌아갈 수 있다지? 자, 빨리 그렇게 해줘."

그리고 가쓰라기는 토해내듯 말을 이었다.

"내 아내의 목숨을 빼앗은 그 끔찍한 재해가 나기 전날로⋯⋯."

○

    어떤 자연재해로 인해 가쓰라기는 아내인 아카리를 잃고 말았다.

    그때 가쓰라기는 아내 곁에 없었다.

    그 재해는 가쓰라기의 출장 중에 갑자기 일어났기 때문이다.

    재해는 가쓰라기의 아내만이 아니라 수많은 사람의 목숨을 빼앗아갔다.

    너무나도 가슴 아픈 재난이었다.

    가쓰라기는 슬퍼하며 아카리의 죽음을 크게 비탄했다.

    그리고 자신의 무력함에 분개했다.

    괴로움과 고통······.

    왜 하필 그때 이런 끔찍한 일이 일어난 걸까. 자신이 그 자리에 있었다고 해서 무슨 도움이 됐을지 알 수는 없다. 어쩌면 사라진 생명이 하나 더 늘어났을 뿐일지도 모른다.

    자연의 힘 앞에서 인간은 너무나도 작기만 하다. 가쓰라기도 그건 잘 안다. 그래도 남편인 자신이 아카리 곁에 있지 못한 게 원통했다.

뭔가 내가 할 수 있는 일은 없었을까?

내가 곁에 있었다면 혹시 아내를 구할 수 있지 않았을까?

왜 나는 그런 일이 터지는 순간에 아카리 곁에 없었던 걸까?

이 상황이 너무나도 바보 같고 우습게만 느껴졌다.

우연한 출장 시기에 맞춰 자신만 살아남았으니 말이다.

왜 자신은 살고, 아카리는 죽어야 했는가.

그 차이를, 그 이유를 알 수 없었다.

물론 거기에 정확한 답은 아예 존재하지 않을지도 모른다.

하지만 가쓰라기는 그 차이와 이유를 두고 몹시도 괴로워했다.

그러다 어느새 자신을 책망하게 됐다.

내가 출장으로 집을 떠난 바람에 아카리를 집에 혼자 두고 말았다.

내가 곁에 없어서 아카리를 구하지 못했다.

나 때문에 아카리가 죽었다.

혼자 괴롭게, 그리고 외롭게 죽게 했다…….

가쓰라기도 홀로 남은 세상에서 마찬가지로 괴로움

과 마주하게 됐다. 책임 같은 단어로는 설명할 수 없을 만큼의 죄책감이 몸을 짓눌렀다. 그것만으로도 구역질이 치밀어 올랐다.

"어쩔 수 없는 일이었잖아."

가쓰라기는 누군가가 건넨 그 위로의 말을 기억하고 있다.

자연이라는 거대한 존재를 앞에 두면, 물론 그 말 역시 옳을지도 모른다.

어찌할 도리가 없었을 것이다.

분명 어쩔 수 없는 일이었을 것이다.

그래도 가쓰라기는 역시 자신에게 책임을 느끼지 않을 수 없었다.

ㅡ나는 어떻게 하면 좋았을까?

그날 출장을 가지 않았더라면……

그날보다 훨씬 전에 아내와 함께 어딘가로 여행을 떠났더라면……

아니, 그보다 더 예전에 내가 지금 집으로 거처를 정하지 않았더라면……

애당초 내가 아카리를 만나지 않았다면 분명 그녀는

어딘가에서 잘살고 있지 않았을까…….

나와 만나 결혼한 탓에 아카리는 이렇게 일찍 세상을 떠나고 말았다…….

그러니까 전부 다 내 탓이다…….

곱씹어봤자 아무런 의미도 없는 '~했다면'을 자꾸 돌이키게 된다.

돌아갈 수조차 없는 과거에까지 거슬러 올라가서라도 아카리가 살 방법은 없었을까, 하는 말도 안 되는 상상을 펼치기까지 했다.

그건 일종의 현실 도피였을지도 모른다.

눈앞의 일을 그대로 받아들였다가는 정신이 이상해질 것만 같았기 때문이다.

하지만 머릿속에서 되뇌던 '~했다면'이라는 단어를 인터넷 검색창에까지 무의식적으로 입력했던 걸까.

그러다 어느 웹사이트에 올라온 신기한 글을 발견했다.

'자신의 인생 속 과거의 분기점으로 돌아갈 수 있는 마호로시역이라는 곳이 있다고 한다.'

'과거의 분기점으로 돌아갈 수 있다'는 그 글귀를 발견한 순간, 가쓰라기는 마음속에 작은 등불이 켜지는 기분이 들었다.

—과거로 돌아갈 수 있다니.

그게 사실이라면 아카리를 구할 수 있을지도 모른다.

가쓰라기는 휴직계를 낸 덕분에 남아도는 시간을 관련 정보 수집에 전부 투자했다. 아카리가 세상을 떠난 후, 처음으로 뭔가에 열심히 임하는 기분이었다.

정보를 모으는 것 자체는 그리 어렵지 않았다. 다만 그 정보의 진위를 확인하는 게 더 힘들었다.

그리고 정보 조사를 이어가던 중, 깜짝 놀랄 만한 일이 일어났다. 갑자기 한 온라인 게시판에 마호로시역에 가본 적이 있다는 사람이 나타났던 것이다.

그 인물은 '마호로시역은 정말로 존재하니, 소부선 전철부터 타봐라'라는 짧은 글귀만 남겼을 뿐 그 이상의 정보를 알려주지는 않았다. 하여 사실인지 거짓인지 알 수가 없었다. 다만 마침 그때가 온라인상에 마호로시역은 누군가가 만들어낸 가공의 역이라는 둥, 헛소문에 불과하다는 둥 그런 비난이 연이어 터지던 시기였다.

그런 비난이 오가는 것을 보고, 마호로시역에 가본

적이 있다는 인물은 도저히 참지 못해 이런 글을 올렸을지도 모른다. '소부선 전철부터 타봐라'라는 구체적인 설명이 가쓰라기의 마음을 더 강하게 사로잡았다.

하지만 그런 발언이 있었음에도 마호로시역이 도시전설 수준의 뜬소문 이상의 사실이 되는 일은 없었다.

그건 마호로시역과 관련된 또 하나의 정보가 관련되어 있어서일지도 모른다.

—과거의 분기점으로 돌아가서 뭔가를 바꾼다 해도 그것이 현실에 영향을 주는 일은 절대로 없다.

이 정보를 듣고 마호로시역에서 관심을 잃은 사람은 수도 없이 많았다. 가쓰라기도 처음에는 큰 충격을 받았다. 과거로 돌아갈 수 있다고 하니, 예전에 봤던 영화 『백 투 더 퓨처』처럼 뭔가를 변화시킬 수 있을 줄 알았기 때문이다.

그게 불가능하다면 과거의 분기점으로 돌아가봤자 아무런 소용도 없다.

그날을 다시 시작하지 않으면 의미가 없으니까.

가슴 속에 그런 마음만 강하게 남았다.

그래도 가쓰라기가 마호로시역에 집착한 이유는 마

호로시역의 존재 자체가 그 당시 그에게 삶에 대한 의욕을 꾸준히 부여해서였다.

현실이라고는 도저히 여길 수 없는, 그 신기하고 흐릿한 존재가 이 괴로운 현실에서 눈을 돌리고 싶은 가쓰라기의 유일한 위안이 됐던 것이다.

그리고 가쓰라기는 이리저리 모은 정보를 기반으로 여러 검증을 시도했다. 확실하다고 여겨지는 정보는 딱 두 가지였다. 하나는 소부선 전철을 타야 할 것. 또 하나는 새로 올라온 글 중에 있었던, 과거로 돌아가 어떤 일을 꼭 다시 할 수 있으면 좋겠다고 바랄 만큼 강렬한 후회를 가진 자만이 그 장소에 이를 수 있다는 것이었다.

그 이후, 가쓰라기는 거의 매일같이 소부선 전철을 타고 몇 번이나 괴로움과 마주하며 차량에서 후회의 마음을 최대한 떠올렸다.

하지만 이는 상당히 정신을 갉아먹는 행위가 됐다.

자책감과 죄책감에 시달리는 매일. 몸이 안 좋아지고 구토감까지 느껴져 중간에 전철을 내릴 때도 있었다.

그래도 가쓰라기는 꿋꿋하게 전철을 탔다.

포기할 수 없었다.

어떻게 해서든 마호로시역에 가고 싶었으니까.

그렇게나 애를 썼는데도 마호로시역에 도달할 수 없었다.

치바역에서 출발하는 첫차를 타고 아무 일 없이 미타카역 플랫폼에 도착할 때마다 답답한 마음을 주체할 수 없었다.

전철에는 수많은 사람이 탔다. 치바와 도쿄를 잇는 이 열차를 출퇴근과 통학용으로 이용하는 사람도 많았지만, 휴일이 되면 친구와 연인. 그리고 가족끼리 외출하는 사람들의 모습도 자주 보였다.

"……"

그 인파 속에서 가쓰라기는 몇 번이나 죽고 싶은 기분이 들었다.

왜 자신은 혼자 이런 바보 같은 짓을 하고 있는 걸까.

"…………"

─이제 뭐에 매달리고 있는 건지도 알 수 없다.

─언제까지고 과거에만 사로잡혀 있다.

"……………………"

이제 다 싫었다.

마호로시역의 존재마저 믿을 마음이 서서히 사라지고 있었다.

마음은 이미 한계였다.

그리고 보름달이 뜨는 밤이 찾아왔다.

마침내 가쓰라기는 이 마호로시역에 도착했다.

○

"……정말로 이 마호로시역에서 과거로 돌아갈 수 있다면 난 그 재해가 일어나기 전의 시점으로 돌아가고 싶어."

가쓰라기는 마음속 깊은 곳에서 쥐어짜듯 말했다.

그 말을 들은 후, 역무원은 잠시 망설이는 표정을 짓더니 대답했다.

"……재해가 일어나기 전의 시점으로 돌아가고 싶다고 하셨는데, 과거로 돌아가 선택을 바꿔도 현실에 아무런 영향도 주지 않는다는 사실은 알고 계시나요?"

가쓰라기는 당연하다는 듯 고개를 끄덕이며 답했다.

"……그래, 그건 이미 소문으로 들어서 알고 있어."

"그렇군요……."

가쓰라기는 그것보다 더 궁금한 게 있었다.

"……한 가지 물어보고 싶은 게 있는데."

"하나만이 아니라 몇 개라도 괜찮아요."

시원하게 대답한 역무원을 향해 가쓰라기는 질문했다.

"자신이 되돌아가고 싶은 과거의 분기점은 내 마음대로 정할 수 있어? 예를 들어 재해가 벌어지기 일주일 전이나 혹은 한 달 전이나……."

"네. 자기가 돌아가고픈 과거의 분기점을 떠올리면 그 순간으로 되돌아갈 수 있어요. 그리고 거기서 자신이 고르지 않았던 다른 선택지로 나아갔을 때 어떤 미래가 펼쳐질지 살펴볼 수 있게 돼요."

"그렇군……."

확인이라도 하듯 중얼거리며 가쓰라기는 차분한 표정으로 또 다른 물음을 던졌다.

"……과거의 세계에서 이 마호로시역으로는 언제 돌아올 수 있지?"

"그건 자신이 원래 세계로 돌아오고 싶다고 바랄 때예요. 하지만 그 바라는 정도도 사람에 따라 다른 것 같아요. 어떤 분은 조금만 생각해도 바로 이곳으로 돌아올 때도 있고, 반대로 뭔가 미련이 남으면 금방 못 돌아오기도 한다던데……."

가쓰라기는 그 말을 잠시 생각해보더니 다시 확인하듯 물었다.

"······그럼 원래 세계로 돌아오고 싶은 마음이 조금도 없으면, 이곳으로 쉽게 돌아올 일은 없겠군?"

"그럴지도 모르겠네요······."

역무원은 살짝 난처한 표정으로 대꾸했다.

"역무원이라도 당신이 이 세계의 모든 걸 다 아는 건 아닌가 보네."

"네, 맞아요······. 저는 어디까지나 이 마호로시역의 8월의 역무원이니까요······."

"어쨌든 이제 설명은 됐어. 그것만으로도 내가 과거의 분기점으로 돌아갈 의미는 충분한 것 같으니까."

"그렇군요······."

가쓰라기의 말에 역무원은 약간 불안한 표정을 보였지만 곧 다시 이야기를 이어나갔다.

"······그럼 준비가 되셨으면 다시 전철을 타고 자리에 앉아주세요."

"그래, 알았어."

가쓰라기는 시키는 대로 전철 좌석에 앉았다.

이번에는 역무원도 같이 안으로 들어와 가쓰라기를 향해 다시금 질문했다.

"······아까 과거의 원하는 분기점으로 돌아갈 수 있는지 여쭤보셨는데, 그건 어떻게 하시겠어요?"

"……재해가 터지기 한 달 전으로 가려고 해. 내가 그때로 돌아가고 싶다고 진심으로 바라면 되는 거지?"

"네. 그 한 달 전 분기점이 되는 순간이 있으면 가능해요……."

"분기점이 되는 순간이라……."

가쓰라기는 그렇게 말하며 잠시 생각에 잠겼다가 입을 열었다.

"……그래, 있었어. 아카리와 함께 좀 멀리 외출할 일이 있었거든. 그때 어떤 선택을 할지 고민했으니까 그때로 돌아가면 될 것 같아."

"알겠습니다. 그럼 전철 문이 닫힌 후, 그 순간으로 돌아가고 싶다고 강하게 염원해주세요. 전철이 다시 달려 터널을 빠져나가면, 바로 그 과거의 분기점 속 세계와 연결되어 있을 거예요."

"그래, 알았어."

그렇게 대답한 가쓰라기는 역무원이 좌석에서 멀어지는 때에 맞춰 이렇게 말을 이었다.

"……고마웠어. 이거 신세를 졌군."

마치 마지막 작별 인사 같은 말에 역무원은 잠시 당황한 표정을 지었지만, 그대로 전철에서 내렸다.

"그럼 좋은 여행 되세요……."

가쓰라기는 마지막으로 던진 역무원의 그 말이 유난히 귓가에 남는 기분이 들었다.

그리고 홀로 남은 전철 안에서 가쓰라기는 강하게 염원했다.

—재해가 벌어지기 한 달 전, 아카리와의 여행이 시작된 바로 그 순간으로 돌아가고 싶어.

가쓰라기가 마음속으로 그렇게 빌자, 전철이 서서히 움직이기 시작했다.

그리고 서서히 가속하더니 터널 속을 뚫고 달려 나갔다.

—덜커덩.

—덜커덩.

곧 기다란 터널을 빠져나가자 새하얀 빛이 가쓰라기를 감쌌다.

눈을 뜨니 전철 안이었다.

아직도 전철이라니.

뭔가 실패한 줄 알고 놀랐지만 그런 건 아니었다.

— 다음 역은 요코하마, 요코하마입니다.

차량 안내방송이 흘러나오는 것과 동시에 옆에서 목소리가 들렸다.

"도착하면 어디로 먼저 갈까? 차이나타운도 좋고, 아카렌가*나 미나토미라이 쪽으로 가는 것도 괜찮겠어."

— 그 목소리만으로 심장이 떨렸다.

그리웠다는 그 몇 글자로 표현하고 싶지 않을 만큼 따듯함이 묻어나는 목소리였다.

딱 한 번이라도 좋으니 다시 듣고 싶었던 바로 그 목소리였다.

"신이치. 내 말 듣고 있어?"

대답이 없는 걸 이상하게 여겼는지 그녀는 다시 한 번 나한테 물었다.

아카리다.

아카리의 목소리다.

"응, 듣고 있어……."

---

* 요코하마항을 상징하는 붉은 벽돌 창고가 있는 관광지.

눈앞의 광경이 당혹스럽다. 그러나 내 옆에 있는 이는 틀림없이 아카리였다.

역시 그 마호로시역의 소문은 사실이었다. 정말로 내가 과거로 되돌아왔으니 말이다.

현실 세계에서는 이제 더는 존재하지 않을 아카리가 다시 내 눈앞에 있었다.

"그럼 어디로 갈 거야? 차이나타운이야, 아니면 미나토미라이야?"

아카리는 아까 그 질문을 다시 하며 대답을 재촉했다.

나는 이 작은 선택을 다시 시작하고 싶은 분기점으로 오고자 했던 것이다. 그리고 내가 목적했던 바로 이 순간으로 돌아오는 데 성공했다.

어떻게든 마음을 진정시키려 애를 썼다. 아카리에게 오늘은 별다를 것 없는 평범한 하루일 테니. 지금은 나도 자연스럽게 있어야 한다. 그리고 이 자리에서의 대답은 과거와는 다른 선택지로 고를 셈이었다.

이곳은 과거의 분기점이니까.

"……그래, 아예 환승해서 사쿠라기초에서 내린 다음에, 먼저 미나토미라이 쪽으로 가볼까? 그다음에 걸어서 차이나타운으로 가는 것도 괜찮을 것 같은데."

"그렇게 하자. 그러면 미나노토미에루오카* 공원도 지나갈 수 있을 테니까."

"그럼 결정이야."

현실에서는 간나이까지 가서 먼저 차이나타운부터 들렀다. 그때는 고기만두와 군밤을 먹으며 걷다가 미나토미라이로 향했다. 즐거운 하루였다. 미소가 끊이지 않았고, 아카리는 거리 풍경을 바라보기만 해도 행복해했던 것 같다.

그랬던 행보를 미나토미라이부터 먼저 간다고 해서 뭐가 달라질까 싶었지만, 이런 사소한 일이라도 과거의 분기점임은 분명하니 뭔가 변화는 생겨나지 않을까 하는 생각이 들었다.

"……요코하마, 요코하마입니다."

"가자."

차량 내 안내 방송이 흐르자마자 가볍게 자리에서 일어난 아카리의 뒤를 따라 잠시 후 나도 좌석에서 일어났다.

---

* '항구가 보이는 언덕 공원'이라는 뜻으로, 요코하마 항구가 한눈에 보이는 언덕 위 공원.

"그래."

지금은 조금이라도 그녀의 뒤쪽에서 걷고 싶었다.

아카리를 계속 내 시야 안에 두고 싶었으니까.

아카리가 다시 곁에 있는 이 기적 같은 시간을 소중히 보내고 싶었다.

아직 관광명소에 도착하지 않았는데도, 나는 이미 너무나 행복했다.

"이렇게 아름다운 곳이 있을 줄은 몰랐어……."

목적지 선택을 바꾼 것으로 벌써 한 가지 변화가 생겨났다.

"나도 여긴 처음이야."

우리는 바다로 앞뒤가 둘러싸인, 오산바시라는 장소에 도착했다. 이곳은 여객 터미널이지만, 바다를 향해 쑥 돌출된 나무 덱 위를 걸을 수 있게끔 관광지처럼 꾸며진 장소다. 전에 왔을 때 이 장소는 그냥 지나쳤었는데 이번에는 바다를 따라 걷길 잘한 것 같다.

뜻밖의 발견이었다. 요코하마를 한눈에 내려다볼 수 있는 경치만 따진다면 랜드마크 타워의 전망대나 코스모 월드 관람차가 가장 좋을 것이다. 하지만 이곳은 인적이 드물면서 바다와 바람이 조화롭게 어우러지는 장소이기에 더욱 정취가 느껴졌다. 그런 정취를 나와 아카리는 똑같이 느끼고 있었다.

그대로 걸어서 도착한 곳은 미나토노미에루오카 공원이었다. 이곳까지 와보니 주변은 인파로 북적이고 있고, 산책하는 사람이나 벤치에 앉아 담소를 나누는 사람들의 모습도 눈에 띄었다. 그중에서 몇몇 사람들이 오밀조밀하게 몰린 장소를 발견했다.

"어머, 저기서 마술쇼를 한대!"

아카리가 어린아이처럼 눈을 빛내며 말했다. 그리고는 나를 내버려둔 채 사람들 무리 속으로 얼른 끼어들었다. 내가 쫓아갔을 즈음에는 가장 앞줄에 자리를 잡고 이미 구경할 준비를 다 마친 뒤였다. 전에 우리가 이 장소를 지났을 때만 해도 이런 쇼는 열리지 않았다. 이것도 역시 먼저 미나토미라이로 가기로 했기에 생긴 즐거운 사건일지도 모른다. 아까까지만 해도 몇 안 되는 군중만 있던 주변으로 갑자기 사람들이 와르르 몰리자, 이제 때가 됐다는 듯 마술쇼가 시작됐다.

"이렇게 모여주신 여러분, 지금부터 쇼가 시작됩니다. 마법 같은 시간을 즐겨주시길 바랍니다."

그렇게 말한 마술사는 우선 볼링 핀 같은 물체 세 개를 가지고 저글링을 하기 시작했다. 곧 그 개수가 네

개, 다섯 개로 늘어나자 관객들 사이에서 환성이 터져 나왔고, 그 모든 핀을 다 받아낸 마술사가 꾸벅 인사를 했다.

마술쇼라기보다 마치 서커스 곡예 같은 시작이었다. 하지만 그것도 이런 탁 트인 장소를 위해 일부러 준비한 것일지도 모른다. 묘기는 관객들의 마음만이 아니라 가장 앞줄에서 구경하고 있던 아카리의 마음 역시 사로잡은 모양이다. 아카리는 눈을 빛내며 연신 박수를 보내고 있다.

저글링 다음 순서는 스틱을 사용한 마술이나 불을 뿜은 후에 허공에서 갑자기 비둘기가 튀어나오는 마술 같은 것들이 펼쳐졌다. 정말로 마술이자 마법 같았다. 주변의 어린이들은 마치 진짜 마법사를 보는 듯한 열띤 시선을 보내는 중이었다.

"그럼 마지막으로 최고의 마술을 선보이겠습니다!"

마술사가 거창하게 선언하자, 멀찍이 떨어져 있던 도우미가 큼지막한 상자 세트를 가지고 왔다.

"지금부터 인체 소실 마술을 보여드리죠. 어디 용감한 도전자 안 계십니까?"

인체 소실이라는 말을 제대로 이해한 건지 알 수는 없었지만, 눈앞에 풍기는 삼엄한 분위기에 곁에서 지켜보던 아이들은 겁을 집어먹은 눈치였다. 참가하겠다며 손을 드는 사람은 좀처럼 없었다.

하지만 그때였다.

"제가 할게요."

아무도 나서지 않아 마술사도 난처해하던 와중, 손을 번쩍 든 이는 바로 아카리였다.

"오오, 용감한 도전자께 박수 보내주세요!"

마술사도 안도하는 표정을 짓는다. 그리고 주변 아이들은 마치 마왕에 맞서 싸우러 나가는 용사를 보는 듯한 선망의 눈길로 아카리를 바라봤다.

"그럼 다녀올게."

나한테 그렇게 말한 아카리는 손을 들어 주변 사람들의 박수에 화답했다.

그리고 마지막 마술이 시작됐다.

아카리의 몸이 큰 상자 안에 쏙 들어가고 그 위로 보라색 천이 덮이자 스피커에서 흘러나오는 음악 소리가 웅장해졌다. 그리고 다음 순간, 시트가 걷힌 상자가 드러났을 때 그곳에 아카리의 모습은 보이지 않았다. 어른도, 아이도 모두 깜짝 놀라 소리쳤다.

"……."

나는 저 마술에 대해 잘 모르지만, 갑자기 슬픔에 휩

싸였다.

이건 단순히 마술일 뿐이고 관객들의 눈속임 장치가 되어 있는 가짜임이 분명한데도, 아카리가 사라졌다는 사실만이 내게 또렷이 내리박히고 말았다.

어떤 의미에서 보자면 아카리는 원래의 세계에서 이런 식으로 사라져버렸다.

―그리고 두 번 다시 만나지 못하게 됐다.

그게 마술이라면…… 환영이라면…… 얼마나 좋을까.

모든 건 다 가짜였다고 말해주길 바랐다.

그 후 마술사는 다시 시트를 씌웠다가 음악을 흘려보냈고, 또 한 번 시트를 걷자 아카리가 모습을 드러냈다.

아카리는 미소와 함께 손을 흔들며 관객들의 박수에 답했다.

"……."

현실 세계에서도 이렇게 나타나면 얼마나 좋을까.

그러면 나는 손이 떨어져 나가게 박수를 치고 웃으며 그녀를 맞아줄 텐데.

그런 생각 자체가 가짜일지도 모르겠지만…….

"뭘 그렇게 놀란 표정이야?"

내 옆으로 돌아온 아카리가 그렇게 말했다.

"그렇게 보여?"

"응, 당장이라도 눈물을 쏟을 것 같아."

"감동해서 그래."

"마술쇼에?"

"아니, 당신이 다시 나타난 것에."

내가 그렇게 답하자 아카리도 깜짝 놀란 얼굴을 하다가 곧 작게 웃으며 말했다.

"몇 번이라도 다시 나타날게."

에헤헤, 하고 웃는 그녀가 진심으로 사랑스러웠다.

진짜로 아카리는 이렇게 다시 한번 내 앞에 나타났으니 말이다.

이런 마법 같은 시간이 계속 이어질 수만 있다면, 지금은 마술이든 환영이든 가짜든 뭐든 상관없었다.

– 마지막 날까지 30일

다음 날은 에노시마에 갔다. 몰려든 사람의 수는 요코하마보다 적지만, 밀집도는 이쪽이 더한 것 같다. 입구 근처에 있는 문어 센베 가게 앞에는 줄이 길게 늘어서 있었고, 가게 안쪽도 북적거렸다.

우리는 일단 에노시마의 산 정상까지 올라가기로 했다. 말이 산 정상이지, 섬 특유의 지형적인 고저 차를 따라 걷는 것뿐이어서 그리 험난한 길은 아니었다.

"후우, 이제 도착했네."

그리고 순식간에 산 정상에 도착했다. 그곳에서 소프트아이스크림을 먹은 후, 치큐가마루쿠미에루오카*라는 언덕에서 경치를 감상했다. 왼편으로는 미우라반도, 오른편에는 이즈오섬에서부터 이즈반도가 보였다. 언덕 이름 그대로 이곳에서는 지구가 둥그스름하게 보인다.

그런데 그 후에 시야로 들어온 건 하늘을 유유히 나는 몇 마리의 솔개였다.

"그거 알아? 솔개와 매, 독수리는 모두 같은 새를 가리키지만 크기만 서로 다른 거래."

아카리가 자랑스러운 표정으로 설명했지만, 나는 전에 이곳에 함께 왔을 때 아카리가 했던 그 말을 기억하

---

* '지구가 둥글게 보이는 언덕地球が丸く見える丘'이라는 뜻으로, 에노시마 부근에 있는 바다 전망이 내려다보이는 언덕.

고 있었다.

"그래? 몰랐네."

그렇지만 아는 척 해봤자 아카리가 재미없어할 것 같아 일부러 모르는 척을 했다.

"어쩐지 반응이 별로네……."

하지만 결국 금방 의심을 받고 말았다.

난 거짓말을 잘 못한다.

"그러면 말이지, 사실 돌고래와 고래는 크기만 다르지 사실은 같은 생물이야."

"저, 정말? 그, 그것도 또 몰랐네!"

"어쩐지 영 수상한데……."

"……."

연기는 더더욱 못한다…….

그냥 처음부터 알고 있었다고 말할 걸 그랬다.

다만 어제와는 달리 에노시마에서는 예전에 왔을 때와 거의 비슷한 방식으로 시간을 보내는 중이다. 선택지를 전혀 바꾸지 않아서일 것이다. 어제는 미나토미라이부터 시작해서 둘러본 덕분에 오산바시라는 장소를 발견했고, 그 이후 마술쇼도 구경할 수 있었다.

그렇지만 그게 어떤 큰 변화를 일으켰느냐라고 하면, 딱히 그렇지도 않은 듯했다.

나는 아카리와 함께 오산바시에 있을 때도, 마술쇼를 볼 때도 행복했다.

그러나 차이나타운에 먼저 갔더라도 마찬가지일 것이다. 고기만두를 입에 가득 문 아카리를 봐도, 맛의 차이도 잘 알지 못하면서 고급스러워 보이는 우롱차 찻잎을 사서 만족스러워하는 모습을 봐도 나는 분명 진심으로 행복해했을 테니 말이다.

그러니 여기서 무엇을 했느냐, 무엇이 일어났느냐는 전혀 중요하지 않았다.

나한테 중요한 건 오직 아카리가 내 곁에 있다는 사실뿐이었다.

그저 그것만으로도 행복했다.

"어머, 저기 플리 마켓이 열린대!"

산기슭까지 내려와 주차장 근처까지 이르렀을 때, 아카리가 그렇게 외쳤다. 미나노토미에루오카 공원에서 마술쇼를 발견했을 때와 똑같았다.

그리고 그대로 내 팔을 잡아끌며 인파 속으로 파고들어갔다. 전에 왔을 때는 이 플리 마켓에 들르지 않았다. 이런 게 열리는 줄도 몰랐기 때문이다. 오늘은 전보다 산 정상에서 보낸 시간이 조금 더 길었을 뿐이다. 그러나 요코하마 때도 그랬지만, 이런 사소한 선택을 바꾸기만 해도 만나게 되는 것들이 이렇게나 달라지는 모양이다. 그런 것에 작은 놀라움마저 느껴졌다.

"플리 마켓도 참 멋진 것 같아. 작은 축제 같잖아."

아카리는 곳곳에 진열된 상품에 눈길을 주며 즐겁게 말했다.

"그래. 진열된 물건들이 제각각 달라서 더 재미있는 것일지 몰라. 상품을 파는 사람들의 내면이 다 보이는 느낌도 들고."

"맞아! 유행 타는 물건들이 많이 있는 걸 보면 저걸 파는 사람은 금방 관심이 달아올랐다가 식는 사람이구나. 아니면 오래된 물건을 놓고 파는 걸 보면 뭐든지 오래 보관하고 아끼는 사람이구나, 하는 생각이 들잖아."

아카리가 내 생각을 정확히 짚어준 덕분에 그 이상으로 설명할 필요는 없게 됐다. 정말로 그 말 그대로였으니까.

"근데 나는 플리 마켓에 뭘 내놓고 팔 일은 없을 것 같아."

"왜? 한 번쯤 해봐도 좋을 거 같은데."

아카리가 어리둥절한 표정을 짓기에 나도 대답했다.

"뭣 하러 일부러 이런 준비까지 해서 물건을 모아 파는 수고를 들이나 싶기도 하고, 그럴 바에야 차라리 필요 없는 걸 모아 싹 버리면 되잖아."

"신이치는 전혀 이해를 못 하고 있네! 알아?"

바로 아카리의 반박이 들어왔다. 이 문제에 대해서는 아까와 달리 의견이 전혀 다른 듯했다.

"내가 뭘 모른다는 거지?"

"버리면 그걸로 끝이잖아. 하지만 내가 소중히 쓴 물건이 이렇게 또 다른 누군가의 손에 넘어간다는 것 자체가 좋은 거야."

하긴 그 말은 맞는 것 같다.

아까와 달리 이번에는 의견 충돌이 있었지만 나도 아카리의 주장에 순순히 수긍했다.

"……그러면 필요 없는 물건을 다른 누군가에게 주는 것도 괜찮겠네."

내가 그렇게 말하자 아카리는 고개를 끄덕이다가 작게 머리를 갸우뚱거리며 말했다.

"……근데 솔직히 용돈 벌이라도 할 수 있으니까 플리 마켓에 물건을 내놓는 게 낫긴 하지."

"혹시 그게 진짜 목적이 아니고?"

"그, 그런 거 아니야! 그래도 이렇게 해서 번 돈으로 사 먹는 밥이 더 맛있잖아."

"정말 그렇긴 하네."

그런 식으로 이야기가 옆길로 새는 것과 동시에 아카리의 관심도 이미 플리 마켓이 열리는 행사장 구석에 있는 가게로 향한 모양이었다.

"여긴 좀 분위기가 다른데?"

아카리의 말대로 그곳은 식물이나 채소를 팔고 있어서, 다른 데와는 다른 느낌을 자아내는 가게였다. 얼마 안 되는 녹색 식물이 자리하는 공간인데도 몸과 마음이 편안해지는 기분이 들었다. 식물에는 그런 특별한 힘이 있는지도 모른다.

돌이켜보니 그 마호로시역의 역무원은 과거로 돌아갈 수 있는 신기한 힘은 보름달만이 아니라 그 강변에 있는 느티나무와도 관련이 있다고 했다. 그 장소에 한 번 가보는 것도 좋지 않을까. 물론 그곳에 갔다고 해서 과거로 돌아가게 하는 힘이 무엇인지 알아낼 수 있는 건 아니겠지만…….

내가 어렴풋이 그런 생각을 하고 있을 때. 아카리가 들뜬 목소리로 외쳤다.

"이거 사자!"

아카리가 눈독을 들인 건 미니토마토 모종이었다.

"아까 우리가 직접 번 돈으로 사 먹는 밥이 맛있다는 얘기 했잖아? 그러니까 우리가 직접 미니토마토를

키워서 먹으면 더 맛있을 거야."

"아하, 그러고 보니 진짜 목적은 바로 이거였구나."

"그게 무슨 소리야?"

"맛있는 걸 먹겠다는 게 진짜 목적인 거잖아."

"으음, 아주 틀린 건 아니긴 한데! 아깝게 스쳤네! 정답의 핵심을 스쳤어!"

"그게 양궁이라면 과녁을 딱 맞춘 거야, 알아?"

우리는 그런 말을 주고받으며 웃음을 터트렸다.

어쩐지 이런 시간이 진심으로 행복하게 느껴졌다.

물론 미니토마토 모종도 사기로 했다. 그 미니토마토가 열매를 맺는 건 약 한 달 후라고 했다.

— 마지막 날까지 29일

그다음 주에는 저녁 무렵부터 마쿠하리에 있는 해변을 드라이브했다. 우리처럼 저물어가는 석양을 보기 위해 모인 사람들이 몇 명이나 있었지만, 저녁 해가 완전히 저무는 것과 동시에 다들 그 자리를 떠났다.

그렇지만 아카리는 "좀 더 여기에 있고 싶어"라면서 그곳을 바로 뜨려 하지 않았다. 그래서 나도 함께 하늘이 어두워질 때까지 곁에 있었다.

그런데 집으로 돌아가는 길, 아카리는 계속 석양을 지켜봐서 그런가 "아악, 눈이, 눈이!" 하면서 요란스럽게 끙끙거렸다. 나는 집에 도착할 때까지 그게 『천공의 성 라퓨타』에 나오는 악당 무스카의 흉내였다는 걸 몰랐다.

나중에 그런 것도 모르냐고 혼났다.

– 마지막 날까지 25일

이날은 아카리가 맛있는 빵을 먹고 싶다고 해서 쓰다누마의 가나데노모리에 있는 베이커리에 갔다. 옥수수 빵에 카레 빵, 멜론 빵, 크로켓 빵, 샌드위치 등등 너무 많이 산 것 같다는 기분이 들었지만, 근처 널찍한 공원에 자리를 깔고 맛보다 보니 어느 틈에 금방 다 먹어치우고 말았다.

식후 운동으로 배드민턴을 치려고 도구도 일단 챙겨오긴 했지만, 배가 너무 불러서 움직일 수가 없었다. 그러는 대신 아카리는 근처를 뛰어다니는 아이들을 행복한 얼굴로 지켜봤다.

나는 그런 아카리의 옆얼굴을 바라봤다.

물론 나도 행복했다.

베란다에 놓아둔 미니토마토 모종도 날이 갈수록 쑥쑥 크고 있었다.

– 마지막 날까지 21일

오늘은 천체 관측을 할 예정이었지만, 날이 흐린 바람에 일정을 바꿔 치바역에서 걸어도 될 정도로 가까운 거리에 있는 복합 시설인 '기보루' 내의 플라네타륨을 보러 갔다.

플라네타륨은 영화관이나 수족관과는 분위기가 또 달라서 평온하면서도 환상적인 비일상 공간이었다. 이때도 역시 상영이 끝났음에도 제일 늦게 자리를 뜬 건 아카리였다.

그렇지만 "오늘은 더 오래 여기 있지 않아도 돼"라며 웃었다.

– 마지막 날까지 18일

게이요선 전철을 타고 미나미후나바시역에서 내려 IKEA에 갔다. 여러 가구를 둘러봤지만 사지는 않고, 집에 돌아가기 직전에 핫도그와 소프트아이스크림을 사 먹었다. 아카리는 케첩과 머스타드를 마치 가게 상품처럼 예쁘게 뿌렸다며 자랑스러운 표정을 지었다.

이후 곧바로 라라포에 가서 옷가게와 잡화점, 서점도 구경했다. 아직 더 돌아다니고 싶어서 옆 도로 건너편에 있는 쇼핑몰 비비드 미나미후나바시에 가서 또 서점에 들렀다. 가게마다 취급하는 상품에도 차이가 있는지, 아카리는 여러 책이 진열된 선반을 흥미진진하게 바라봤다.

집으로 갈 때는 조금 걸어, 게이세이선 쪽에 있는 후나바시 경마장역에서 돌아가기로 했다. 전철에 타자 아카리는 많이 피곤했는지 바로 잠들어버렸다.

나는 잠들지 않았다.

창문에 비친 아카리의 잠든 얼굴을 가만히 지켜보기만 했다.

– 마지막 날까지 12일

내가 길가에 핀 붉은 꽃을 발견하고 발걸음을 멈추자, 옆에서 아카리가 "그거 백일홍 꽃이야"라며 가르쳐줬다. 한자로는 '百日紅'이라고 쓰고, 백일 정도 오래 피는 붉은 꽃이라고 설명했다.

그 꽃 앞에 서서 스마트폰으로 사진을 찍기로 했다.

"아카리, 좀 더 편하게 웃어."

나는 몇 번이나 그렇게 말했지만, 아카리의 미소는 영 어색했다.

새삼 카메라 앞에 서서 사진을 찍으려니 부끄러운 모양이다.

그러나 곧 아카리의 긴장이 풀린 덕분에 멋진 사진을 많이 찍을 수 있었다.

새빨간 백일홍 꽃에 둘러싸인 아카리는 눈부시게 예뻐서, 같은 포즈에도 몇 번이나 셔터를 누르게 됐다.

"뭘 그렇게 많이 찍어? 벌써 100장은 찍은 것 같다."

아카리가 수줍어하면서도 어이가 없다는 식으로 타박을 주자, 나는 마지막으로 한 장을 더 찍었다.

"이걸로 101장이네."

내 농담에 아주 자연스러운 웃음을 짓는 아카리를

보고 102장째 사진도 찍고 말았다.

- 마지막 날까지 9일

"우리, 나무 보러 가자."

그날은 웬일로 내가 먼저 갈 곳을 제안했다.

그 무렵에 나는 직장 일을 쉬면서, 최대한 아카리와 함께 시간을 보내려 했다.

그리고 지금까지는 예전과 같은 생활 스타일로 지냈지만, 오늘은 꼭 우리 둘이 가고 싶은 장소가 있어서 내가 먼저 가자고 말을 꺼냈던 것이다.

"나무라는 게 그런 식으로 거창하게 시간을 잡아 보러 가야 하는 거였나?"

"그게 엄청 거창한 나무거든."

백일홍을 보고 문득 그 나무가 생각나서 그런 걸지도 모른다.

나는 꼭 그 나무를 아카리에게 보여주고 싶었다.

소부선 전철을 타고 함께 향한 곳은 히라이역이었다. 히라이역 북쪽 출구를 나가 오른쪽으로 꺾은 다음, 길을 똑바로 걸었다. 그러자 얼마 되지 않아 아라카와

강변부지에 이르렀다. 바로 옆에는 나카가와가 흐르고, 그 나카가와와 아라카와, 두 강 사이의 육지 위를 수도고속도로가 지나고 있다. 이 위치에서는 그 도로가 마치 끝도 없이 이어지는 커다란 다리처럼 보였다.

그러나 역시 눈앞에 펼쳐진 광경 속에서 제일 큰 존재감을 뽐내는 건 나무 한 그루였다.

그 느티나무 말이다.

"이건……."

아카리가 나무를 올려다보며 소리를 높였다.

"정말로 거창한 나무가 맞네."

"그렇지?"

그 역무원의 이야기 속에 나왔던 나무.

보름달과 마찬가지로, 이 과거의 세계로 돌아오게 하는 신기한 힘을 가졌다는 나무였다.

한창 울창해질 시기여서 그런지 지금은 잎사귀도 무성해서, 이곳이 도쿄 도심 한복판이라는 걸 잊을 정도였다. 어디 멀리 여행이라도 온 것 같은 기분이 들었다.

"이것 좀 봐. 손이 닿지도 않아."

내가 잠시 눈을 뗀 사이, 아카리는 나무 몸통을 두 팔로 휘감고 있었다. 손이 절반 정도밖에 닿지 않는다. 그만큼 나무줄기도 굵직했다.

"나무를 그렇게 얼싸안고 있으면 막 좋은 일이 생길 것 같은데?"

내가 그렇게 말하자 아카리는 뭔가 생각났다는 표정을 지었다.

소원이라도 빌려나 했는데 그렇지 않았다.

"그거 알아? 외국에서는 나무를 만지면서 소원을 빈대."

"어? 그래?"

그건 몰랐다. 이 대화는 지난번 솔개와 매, 돌고래와 고래 이야기와 달리 나눈 적이 없었다. 여기에 온 게 처음이라서 그런 걸까.

역시 아주 작은 일로도 내 앞의 세상은 크게 달라지는 모양이다.

"오. 그 반응 좋은데?"

아카리는 기쁘게 웃으며 말을 이었다.

"하지만 정말로 땅에서 자란 나무가 아니라, 목재라면 뭐든 다 괜찮은 모양이야. 예를 들어 책상이나 서랍장, 나무문에 있는 나뭇결이라든가 그런 걸 만져도 소원을 빌 수 있대."

"소원 비는 데 허용 범위가 좀 많이 넓은 것 같다?"

"그렇긴 하지만 참 신기하지? 외국에는 신사에 자리

한 신목 같은 것도 없을 텐데. 우리처럼 나무를 그런 식으로 특별히 여긴다는 점이 말이야. 다들 나무나 자연에는 어떤 특별한 힘이 깃들어 있다고 느끼나봐."

그렇게 말한 아카리는 바로 앞의 느티나무에 손바닥을 대었다.

그리고 눈을 꼭 감고 아무 말도 하지 않은 채 잠시 가만히 있었다.

무슨 소원이라도 비는 모양이다.

바로 옆 철교 위를 전철이 달린다.

소부선 전철이다.

치바 방면으로 시끄러운 소리를 내며 달려간다.

덜커덩. 덜커덩.

전철이 더는 보이지 않게 됐을 즈음. 아카리는 하늘을 올려다보며 주변을 온통 뒤덮을 것만 같은 나뭇잎 하나하나를 가만히 지켜봤다.

"……무슨 소원 빌었어?"

내가 묻자 아카리는 작게 웃었다.

"이런 소원은 말하면 안 이루어지니까 가르쳐주지 않는 법이야."

"신사에 있는 신목도 아닌데 알려주면 뭐 어때서."

아카리가 다시 한번 웃었다.

이 자리에서 나의 몇 가지 소원 중 하나는 이루어진 것 같다.

– 마지막 날까지 7일

아카리가 내가 좋아하는 햄버그를 만들어줬다.

굵게 다진 양파가 들어간, 내가 제일 좋아하는 요리였다.

참 맛있었다.

베란다에 둔 미니토마토에 작은 열매가 생겼다.

– 마지막 날까지 6일

오늘은 내가 아카리가 제일 좋아하는 까르보나라를 만들었다.

"달걀이 좀 굳은 것 같아"라는 지적이 들어오긴 했지만, 아카리는 고양이가 그릇을 싹싹 핥아먹기라도 한 것처럼 깔끔하게 다 먹어치웠다.

– 마지막 날까지 5일

아침부터 비가 내리는 바람에 집에서 영화 세 편을 연속으로 봤다.

『아멜리에』, 『굿 윌 헌팅』, 『애스트로넛 파머』

아카리가 고른 영화는 다 재미있었다.

미니토마토도 곧 열매를 수확할 수 있을 정도로 자랐다.

– 마지막 날까지 3일

동네를 산책했다. 날이 저무는 게 빨라져서 푸른 하늘의 색이 아주 옅어진 느낌이 든다.

이제 곧 여름이 끝난다.

– 마지막 날까지 2일

집에서 함께 별다른 일 없는 하루를 보냈다.

– 마지막 날까지 1일

다음날, 눈을 뜨니 곁에는 아직 잠들어 있는 아카리가 있었다.

편안하게 숨소리를 내며 잠든 그 얼굴을 잠시 지켜봤다.

그러자 내 기척을 알아차렸는지 아카리가 천천히 눈을 떴다.

"일어났어?"

"……그냥 깨우지 그랬어?"

아카리가 아직도 잠이 덜 깬 눈으로 그렇게 말했다. 내가 침대에서 몸을 일으키자 아카리도 작게 기지개를 켜며 일어났다.

그리고 평소처럼 아침 식사를 차리기 시작했다.

내가 커피를 준비하고, 아카리는 토스트를 구웠다.

그리고 나서 잼을 꺼내는 건 내 역할이었고, 접시에 요구르트를 덜어내는 건 아카리가 했다.

"오늘은 날씨가 참 좋다."

아침 식사를 마친 후 아카리가 화창한 하늘을 보며 말했다.

나도 마찬가지로 하늘을 올려다봤다.

그곳에는 오늘 이후 엄청난 피해를 가져다줄 재해같은 것이 일어날 거라고는 전혀 예상치 못할 만큼, 맑고 푸른 하늘이 펼쳐져 있었다.

"그러게. 날씨 참 좋다."

나도 남은 커피를 마시며 그렇게 대답했다.

평범한 일상. 평소와 똑같은 하루.

오늘도 그런 날이 될 것이다.

하지만 나는 그런 날이 될 수 없다는 걸 잘 안다.

"……그때 소원 빈 거, 지금이라면 알려줄 수 있어?"

문득 그때 일이 생각나서 곁에 있던 아카리에게 물었다.

그러자 아카리는 잠시 고민하는 표정을 짓더니 답했다.

"대답하면 안 웃을 자신 있어?"

"안 웃을게."

"절대로 안 웃을 거지?"

"절대로."

"이 세상에 '절대로' 같은 건 그리 흔히 존재하는 게 아닌데."

"당신이 먼저 꺼낸 말이잖아."

내 대꾸에 아카리가 작게 웃음을 터트렸다.

아까까지는 순전히 농담이었는지, 잠시 후 소원에 관한 답을 알려줬다.

"난 신이치 당신의 소원이 이루어지게 해달라고 빌었어."

"내 소원이 이루어지도록……."

뜻밖의 대답이었다.

그러나 그 말을 듣고 짚이는 게 있었다.

"그래서 그렇구나……."

내가 그렇게 중얼거리자 아카리는 의아하다는 얼굴을 했다.

"그래서 그렇다니. 그게 무슨 소리야?"

"당신의 그 소원이 이루어졌다는 뜻."

"정말?"

"응, 맞아."

"그랬구나."

그렇게 말하면서 아카리는 이루어진 내 소원이 뭔지 굳이 묻지 않았다. 나의 그 대답을 듣기만 해도 만족한 듯했다.

"아."

그때 나는 문득 어떤 일을 기억해 냈다.

"미니토마토."

"앗!"

내가 그 단어를 꺼내기만 했는데도 아카리는 바로 무슨 뜻인지 알아차린 모양이었다.

어젯밤 드디어 수확할 수 있을 정도로 자란 미니토마토가 맺혔기 때문이다. 그래서 내일 아침에 같이 먹자는 이야기를 했었다. 나도 오늘 먹는 게 가장 잘 어울린다고 생각하던 참이었다. 그런데 그걸 깜박 잊고 있었다니.

"우리 디저트로 먹자."

아카리가 웃으며 자리에서 일어나기에 나도 같이 베란다로 나갔다. 기왕 하는 거 수확도 함께 하고 싶었다.

그러나 그곳에는 생각지도 못한 광경이 우리를 기다리고 있었다.

"앗……."

아까 냈던 외침과는 전혀 다르게, 낙담을 숨기지 못하고 흘러나온 음성이었다.

"이걸 어쩌지……."

그렇게나 잔뜩 달렸던 미니토마토는 새인지 뭔지 어떤 동물이 먹어 치워 어지럽힌 흔적만 남은 채 전부 찌부러져 있었던 것이다.

"아이참, 하루 정도만 기다려주지."

"……새들도 이걸 먹을 기회만 노렸나 보다."

그래도 타이밍이 너무 절묘하게 맞아떨어졌다.

왜 하필 이런 일이 생겨서는.

나도, 이 미니토마토도 오늘이 마지막 하루다.

그런데 이런 마지막을 맞이하고 말다니…….

"……다 나 때문이야."

나도 모르게 중얼거리고 말았다.

"……내가 어젯밤에 화분을 집 안에 들여둬야 했는

284

데."

정말로 그렇게 느꼈다.

망가진 미니토마토를 보고 괜한 생각까지 떠올리고
말았다.

―바로 그날 일을.

왜 이런 일이 생긴 거지?

왜 이렇게 뭐 하나 잘되는 게 없는 거지?

후회는 언제까지고 사라지지 않았다.

내가 더 할 수 있는 일이 있었을 게 분명하다.

재해가 일어나기 전에 아카리를 어디 멀리 안전한 곳
으로 데리고 갈 수 있지 않았을까.

설령 재해가 일어났다고 하더라도 내가 곁에 있었다
면 아카리를 구할 수 있지 않았을까.

만약 그렇다면 나도 아카리와 더 오래 함께할 수 있
었을 것이다.

내가 아카리를 구해야 했던 게 아닐까…….

후회가 몇 번이나 밀려 들어온다.

죄책감에 당장이라도 짓눌릴 것 같다.

내가 그날…….

나 때문에…….

ㅡ하지만 그때였다.

"있잖아, 신이치."

아카리가 내 이름을 불렀다.

그 음성은 그 마술쇼나 플리 마켓을 발견했을 때와
는 달리 아주 따듯하고 부드러운 것이었다.

그 부름을 듣기만 해도 내가 당장 눈물을 쏟을 정도
로…….

"그런 건 신밖에 할 수 없는 일이야."

아카리는 그러고 나서 말을 이었다.

"……아니, 분명 신도 어쩔 수 없는 일이겠지. 미래를
전부 다 내다보는 게 아니면 그런 일은 불가능해. 그리
고 그런 사람이 어디 있겠어? 그러니까 당신도, 나도,
그 누구도 할 수 없는 일이야."

"아카리……."

아카리는 올곧은 어조로 말을 이어간다.

"사실 그렇잖아. 그게 어떻게 당신 탓이겠어? 매일
물도 주면서 정성 들여 키웠잖아. 미니토마토도 지금

까지 고마웠다고 생각할 거야. 그리고 맛있는 먹이를 먹게 된 새들도 말이야. 당신은 할 수 있는 최선을 다 했어. 그러니까 그걸로 충분해."

아카리는 미니토마토 이야기를 하는 중이다.

하지만 나는 그게 마치 그날의 내 후회에 관해 이야기하는 것처럼 들렸다.

그래서 내 말문은 자꾸만 그 자리에서 막히고만 말았다.

"정말…… 그럴까……?"

"그래, 맞아."

"진짜로……?"

"절대로 내 말이 맞다니까."

아카리는 나와는 반대로 '절대로'라는 단어를 써가며 그렇게 답했다.

아카리가 말하면 정말 그렇게 느껴지는 게 참 신기했다.

말이 잘 나오지 않는 대신, 자꾸만 눈동자에서 눈물이 흘러 떨어질 것만 같다.

그렇지만 여기서 눈물을 보일 수는 없다.

아카리가 나보고 미니토마토 수확을 못 한 게 그렇게 억울했냐고 놀릴 게 뻔하니까.

그래도 아카리는 나의 미묘한 심경 변화를 금세 알아차린 것일지도 모른다.

눈동자가 아주 조금 진지하게 변했다.

그러고 나서 나를 향해 말을 이어나갔다.

"……당신은 워낙 성실하니까 도저히 설명할 수 없는 불합리한 일이 일어났을 때 운이 좋았느니 나빴느니 그런 쪽으로 원인을 돌리고 싶지 않아서 모두 자기 책임이라고 할 거야. 그러는 편이 원인과 결과를 정리하기 편하고 설명이 딱 맞아떨어지니까. ……하지만 그런 식으로 모든 걸 자기 탓이라면서 자책하지 마. …… 그런 건 스스로 너무 괴롭기만 해. 나 자신은 용서해도 되잖아. 당신 주변에 있는 사랑하는 사람도 당신이 그런 식으로 자책하길 바라지 않을 거야. ……바로 내가 그런 마음이니까."

그리고 아카리는 내 눈동자를 정면으로 바라보며 말했다.

"……당신은 지금까지 참 많이 노력했어. 정말 고마워. 나는 진심으로 그렇게 생각해."

그 순간 눈물이 넘쳐 흘렀다.

이제 더는 어쩔 수 없었다.

그 말이 내 가슴 속을 똑바로 관통했고, 그 말은 곧

따듯하고 부드러운 것으로 변해서 내 몸 곳곳에 스며들고 퍼져나갔다.

"아아······."

눈물이 넘친다.

나는 이제 이 눈물을 막을 수가 없다.

지금까지 늘 그런 식으로 생각할 수가 없었다. 어쩔수 없었던 일까지 내 탓으로 돌리고, 그걸 억지로 받아들이려 했다.

그런 식으로 나 자신을 궁지로 내몰고 원인과 결과를 확실히 하는 편이 그나마 눈앞에 일어난 불합리한 일을 설명할 수 있을 것 같았으니까.

하지만 전혀 그런 게 아니었다.

아카리는 자책할 필요도 없고, 자신을 용서해도 된다고 말해줬다.

고맙다고도 했다.

그 말이 참 기뻤다.

바로 그게 나를 구해줬다······.

"아카리······."

나는 목소리를 힘껏 쥐어짜 내 앞에 있는 사랑하는 사람의 이름을 불렀다.

갑자기 왈칵 울음을 터트린 나를 보고 아카리는 살

짝 당황하다가 웃었다.

그리고 나를 다정하게 안아줬다.

"신이치. 갑자기 왜 그래? 괜찮아, 괜찮아."

"아카리……."

그래도 눈물은 멈추지 않는다.

멈출 리가 없었다.

이렇게 슬프고, 이렇게 기쁜 일이 있을 줄 몰랐다.

감정이 흘러넘쳤다.

역시 이 과거의 세계로 오길 참 잘했다.

무엇인가를 바꿀 수 없더라도, 그런 건 그리 중요치 않았다.

왜냐하면 나는…….

거짓말이든, 환영이든 다 좋으니 다시 한번 당신을 만나고 싶었던 것뿐이니까…….

"……미니토마토는 조금 아쉽게 됐으니 점심은 토마토소스 파스타라도 먹으러 가자."

아카리는 나를 웃음 짓게 하려고 갑자기 그런 말을 한 게 분명하다.

"……나는 토마토소스보다 나폴리탄을 더 좋아하는데."

나도 아카리를 웃게 하려고 그렇게 대꾸했다.

"그럼 마쿠하리에 있는 호시노 커피점에 갈까?"

"……그래. 그거 좋겠다. 그러고 보니 세븐 일레븐 편의점에서 파는 긴노카니 토마토 크림 파스타도 맛있었는데."

아카리는 나를 꼭 껴안아주면서 말했다.

"그 냉동 파스타도 맛있지. 그럼 저녁은 뭘 먹을까? 기운이 쑥쑥 나게 향신료가 잔뜩 들어간 매운 인도 카레도 좋겠다."

"그러면 신케미가와에 있는 시타르로 가자."

"와아. 기대된다. 면허 센터 맞은편 집도 맛집인데."

"맞아. 거기도 좋지."

더할 나위 없이 따듯한 것에 감싸인 채 평소와 같은 대화가 이어진다.

"난 나중에 번지 점프도 하러 가고 싶어."

"그럼 마더 목장*에 가야겠네."

"겨울이 되면 예쁜 일루미네이션도 보고 싶고."

"그것도 마더 목장에서 볼 수 있어. 나중에 도쿄 독

---

* 치바현 후쓰시 기나다야마산 정상에 있는 테마파크.

일 마을에 가도 좋겠다."

특별할 일 없는 하루.

"독일이라고 하니까 맛있는 소시지가 먹고 싶네."

"나라시노시市에 나라시노 소시지가 있다던데."

"그런 건 노점에서 먹으면 맛있잖아. 축제가 열리는 것도 기대되고."

"그래, 기대된다."

평소와 똑같이, 특별할 것 하나 없는 하루…….

"노점에서 먹는 야키소바는 특히나 더 맛있는 것 같아."

"아까부터 먹는 얘기밖에 안 하네. 역시 당신은 맛있는 음식 먹는 게 진짜 목적이 맞는 것 같아."

"다 들켰네. 이제 더는 못 숨기겠는걸?"

"하긴 꽃보다 토마토를 고를 정도였으니까."

"일부러 번지 점프랑 일루미네이션 얘기를 해서 못 알아차리게 했는데."

"그러고 보니 그랬네. 하마터면 속을 뻔했어."

"하지만 또 같이 이곳저곳 다니고 싶은 건 사실이야. 에노시마에도 또 가자."

"그래, 가자."

"여러 가지 다른 곳들도 많이 가보고 싶어."

"그래. 그렇게 하자."

"와아. 기대된다."

"있잖아. 아카리."

"왜 그래?"

"고마워."

"갑자기 왜 그러는데?"

"그냥 말하고 싶어서."

"그렇구나."

"있잖아. 신이치."

"응?"

"고마워."

"나야말로 고마워."

정말, 고마워······.

　············.

　······.

○

　가쓰라기는 마호로시역으로 되돌아왔다.

　가쓰라기가 과거의 분기점에서 바꾼 것은 얼마 되지 않았다.

　마지막 날마저도 상황을 바꾸고자 노력하지 않았다. 그저 마지막은 사랑하는 사람과 있는 그대로의 일상을 보냈다.

　"나는 그저······ 다시 한번 더······."

　하지만 가쓰라기에게는 그것만으로도 충분했다.

　"한 번만이라도 좋으니 아카리를 보고 싶었어. 여기에 온 이유는 그뿐이었으니까. 그것만으로 만족해······. 아카리가 바로 그 소원을 이루어줬으니까······."

　그날 느티나무 아래에서 가쓰라기가 빌었던 것.

　그건 다시 한번 아카리를 만나는 일이었다.

294

이 마호로시역에 대해 들었을 때도 그것만을 간절히 빌었다.

과거 같은 건 바꾸지 않아도 좋았다.

현실에 영향을 끼치지 않아도 괜찮았다.

가쓰라기는 오로지 아카리를 한 번 더 만나고 싶을 뿐이었다. 그뿐이었다…….

"가쓰라기 씨……."

마호로시역에서 기다리고 있던 역무원이 가쓰라기의 이름을 부른다.

그러자 가쓰라기는 그 부름에 응하듯 대답했다.

"……역무원님, 난…… 이제 살 수 있을 것 같아."

가쓰라기는 말을 잇는다.

"과거를 바꾼 것도 아닌데, 정말로 구원받은 기분이야……."

가쓰라기는 계속 말한다.

"나는 이제 이 세상을 제대로 살아가겠어……. 앞을 보며 웃으면서 살 생각이야……. 그렇게 해야 아카리도 마음 편히 웃어줄 것 같으니까."

가쓰라기는 이제 진정으로 그런 마음이 들었다.

이 마호로시역에 도달하는 데 오랜 시간이 걸린 것도 지금 생각해보면 차라리 잘된 일일지도 모른다.

분명 아카리가 세상을 떠난 지 얼마 되지 않았을 무렵에는 그런 마음을 먹을 수도 없었을 테니 말이다.

하지만 지금 이렇게 시간이 지난 후 과거의 재회를 통해 새로운 결심을 할 수 있게 됐다.

가쓰라기의 말에 역무원도 천천히 고개를 끄덕였다.

그건 최대의 긍정과 찬사의 의미였다.

그렇게 해달라고 역무원 역시 진심으로 바랐으니까.

"가쓰라기 씨⋯⋯."

역무원은 가쓰라기를 향해 반듯이 마주 보고 섰다.

그리고 마음을 가득 담은 말을 입에 올렸다.

"⋯⋯부디 오늘이 가쓰라기 씨께 인생의 또 다른 분기점이 되면 좋겠어요."

역무원은 가쓰라기의 눈동자를 똑바로 바라보며 말을 이었다.

"이 마호로시역에서는 과거의 분기점으로 돌아갈 수 있어요. 그렇지만 지금 오늘이 가쓰라기 씨께 있어서 완전히 새로운 하루예요. 그러니까 오늘을 다시금 새로운 인생의 분기점으로 삼으면 좋겠어요. 그리고 가쓰라기 씨의 말대로 아주 조금이라도 좋으니 앞을 보고 계속 나아가길 바라요⋯⋯."

역무원은 가쓰라기의 넘치는 사랑과 후회, 그리고

그 모든 마음을 잘 알고 있었다.

그래서 역무원은 그런 말을 전했던 것이다.

"오늘이 나에게 있어 분기점⋯⋯."

가쓰라기도 그렇게 생각했다.

현실 세계에서는 아무리 애를 써도 과거로 돌아갈
수 없다.

하물며 과거를 바꾸는 일은 그 누구도 할 수 없다.

그렇기에 만약 과거로 돌아가 어떤 일을 꼭 다시 할
수 있으면 좋겠다고 바랄 정도의 강렬한 후회를 품고
있다면, 더더욱 천천히 앞을 바라보며 오늘을 분기점
으로 삼아야 하지 않을까⋯⋯.

"⋯⋯그래, 그렇게 할게."

가쓰라기는 크게 고개를 끄덕였다.

그 눈동자에는 처음에 마호로시역을 방문했을 때와
는 전혀 다른 빛이 감돌고 있었다.

그의 표정을 보고 역무원도 고개를 끄덕였다.

그리고 지금의 가쓰라기라면 앞으로의 일도 맡길 수
있을 것 같은 기분이 들었다.

"가쓰라기 씨, 이번에는 당신 차례예요."

"뭐?"

가쓰라기는 그 말뜻을 알 수가 없었다.

이번에는 당신 차례라니. 대체 무슨 소리를 하는 건지 이해가 가지 않았다.

마치 어떤 역할을 가리키는 것 같았다.

그리고 의문스러운 표정을 짓는 가쓰라기를 향해 역무원은 이런 설명을 시작했다.

그 이야기는 가쓰라기가 전혀 상상도 못 한 것이었다…….

"……실은, 이 마호로시역을 방문한 사람들이 교대로 이곳의 역무원 역할을 해요."

역무원은 말을 이었다.

"그래서 한 달 전 7월 보름에는 제가 가쓰라기 씨처럼 이곳에 도착했거든요. 그리고 저도 과거의 분기점으로 돌아가 후회를 씻고, 8월의 역무원이 됐어요. 그러니까 이번에는 가쓰라기 씨가 9월의 역무원이 되어서 후회를 품고 이곳을 찾는 사람들을 도울 차례예요."

그 말에 가쓰라기는 눈을 동그랗게 떴다.

"어떻게 그런 일이……."

"참 신기하죠? 저도 그 사실을 처음 알았을 때 깜짝 놀랐어요. 저는 어제 갑자기 앞서 역무원을 하신 분께 역무원이 되어달라고 연락을 받았거든요. 실제로 그걸 알리는 타이밍은 사람마다 다 다른 것 같더라고요. 제 앞에 하신 분은 음악 쪽 일에 복귀한 지 얼마 안 되어서 바쁜 분이라 연락할 시간을 내기 어려웠던 걸지도 모르겠지만요……."

역무원이 조금 난처한 표정을 지으며 수줍게 웃었다.

그렇지만 가쓰라기는 이곳 역무원이 자신과 비슷한 이유로 이곳에 이르게 된 사람임을 알고 나니 어쩐지 친근감이 느껴졌다. 그리고 인터넷에 관련 글을 올린 사람이 나타난 이유도 알 것 같았다. 여기서 현실 세계로 돌아갔기 때문이다. 또한 직접 역무원으로서 누군가를 이끄는 체험도 했기에 이 역의 존재를 무시하고 부정하는 사람들을 용서할 수 없었던 걸지도 모른다.

실제로 지금 가쓰라기도 이 마호로시역의 존재 덕분에 마음을 구원받았으니까.

"이 마호로시역이 어떻게 돌아가는지는 알겠어……. 하지만……."

그와 동시에 약간 불안감이 밀려왔다.

"……왜 그러세요, 가쓰라기 씨?"

가쓰라기가 나직이 말을 흘렸다.

"……내가 여기 마호로시역의 역무원 일을 잘할 수

있을까?"

그 물음에 역무원은 또렷한 어조로 대답했다.

"괜찮아요. 이곳을 방문한 사람들이 이후 역무원을 맡음으로써 이곳에 오는 이들의 마음을 더 잘 이해할 수 있는 거잖아요. 그리고 자신도 과거 분기점에서의 일을 겪고 돌아온 경험이 있기에 더 생생하게 전할 이야기도 있는 것이고요."

"더 생생하게 전할 이야기……."

"네, 저도 소중한 것을 배웠거든요. ……가쓰라기 씨도 이제 앞을 보고 나아가는 게 힘들 때는 뒤를 돌아 뒤쪽으로 나아가면 돼요. 그러면 결국 앞으로 나아가는 것과 마찬가지가 되니까요."

그렇게 말하며 역무원이 생긋 웃었다.

분명 그 이야기는 바로 앞의 역무원에게서 들은 것이리라.

역무원은 마치 그 이야기를 단단히 받아 든 채 꼭 끌어안고 있는 듯했다.

그리고 다시 웃고 나서 말을 이었다.

"이곳은 그런 이야기와 마음이 이어지는 장소라고 생각해요. 역은 여러 사람이 찾는 곳이니까요. 하지만 누구나 역을 드나들 수는 있지만, 이곳이 목적지가 되는 사람은 잘 없어요. 그래서 누군가 한 명을 여기에 계속 남게 하는 게 아니라, 순서대로 이 분기역에 서서 길잡이 역할을 하는 게 아닐까요?"

"길잡이 역할이라……."

정말 그 말이 맞는 것 같다.

똑같이 과거의 다른 선택을 통해 배운 사람들이 역무원을 맡기에, 이곳으로 온 다른 이들도 앞을 보고 망설임 없이 새로운 길로 나아갈 수 있는 것이다.

이번에는 그 이야기와 마음을 가쓰라기가 전할 차례였다.

그리고 역무원은 마지막으로 웃으며 말을 이었다.

"네, 그러니까 가쓰라기 씨. 다음은 당신이 분기점에서 누군가의 길잡이가 되어주세요."

가쓰라기는 그 말에 천천히 고개를 끄덕이며 대답했다.

"……그래. 약속할게."

그리고 하늘을 올려다봤다.

가쓰라기는 앞으로 더는 길을 헤맬 일이 없을 거라는 생각이 들었다.

길잡이 같은 보름달 빛이 가쓰라기를 부드럽게 비추고 있었으니까…….

─마호로시역은 정말로 존재했다.

하지만 소문대로 이 마호로시역을 통해 과거로 돌아가더라도 뭔가를 바꿔서 현실에 영향을 줄 수는 없었다.

그저 나의 과거 분기점으로 돌아가, 또 하나의 선택지를 고르고 그 인생을 걸으면 어떻게 될 것인가를 알 수 있을 뿐이다.

아무리 애를 써도 과거는 바꿀 수 없다.

그건 현실 속 세상도 마찬가지다.

다만 그렇다고 해도 과거로 돌아가면 뭔가 얻을 만한 게 있을지 모른다.

지금 내 주변에 있는 소중한 무언가에 대해 깨달을지 모른다.

지금까지 몰랐던 남의 마음을 알게 될지 모른다.

정말로 소중한 것이 무엇인지 배우게 될지 모른다.

뜻밖의 사실을 접하게 될지 모른다.

다시 한번 소중한 사람을 만날 수 있을지 모른다…….

그런 사람의 마음과 느티나무, 보름달의 신기한 힘이 합쳐져서 다음 달에도 분명 마호로시역은 또다시 나타난다.

그리고 그곳에는 한 명의 역무원이 기다리고 있을 것이다.

이 마호로시역을 찾아오는 사람의 길잡이로서……

"당신에게 인생의 분기점은 언제인가요?"

9월의 역무원 '가쓰라기'

과거로 돌아가는 역

초판 발행	2024년 8월 10일
1판 3쇄	2024년 10월 20일

지은이	시미즈 하루키
옮긴이	김진아
기획	조성근, 권진희, 최미진, 주상미
편집	최미진
디자인	권진희, 김지연
표지그림	이영채(ⓘ ynchlee)
마케팅	조성근, 주상미, 이승욱, 왕성석, 노원준, 조성민, 이선민

펴낸이	엄태상
펴낸곳	빈페이지
등록번호	제2022-000159호
등록일자	2022년 11월 30일
주소	서울시 종로구 자하문로 300 시사빌딩
전화	1588-1582
이메일	emptypage01@sisadream.com

ⓒ 시미즈 하루키

ISBN	979-11-93873-01-4 03830

- 빈페이지는 (주)시사북스의 단행본 브랜드입니다.
- 이 책은 빈페이지와 저작권자의 계약에 의해 출판된 것이므로 무단 전재 및 유포, 공유, 복제를 금합니다.
- 이 책 내용의 전부 또는 일부를 이용하려면 반드시 저작권자와 빈페이지의 서면동의를 받아야 합니다.
- 잘못 만들어진 책은 판매처에서 교환해 드립니다.